Eduard von Bauernfeld

Aus der Gesellschaft - Schauspiel in 4 Akten

Eduard von Bauernfeld

Aus der Gesellschaft - Schauspiel in 4 Akten

ISBN/EAN: 9783743643857

Hergestellt in Europa, USA, Kanada, Australien, Japan

Cover: Foto ©Andreas Hilbeck / pixelio.de

Weitere Bücher finden Sie auf **www.hansebooks.com**

Aus der Gesellschaft.

Schauspiel in 4 Akten

von

Bauernfeld.

Wien 1867.
Druck von Anton Schweiger & Comp.

Personen:

Fürst Robert Lübbenau.
Gräfin Marie Hohenheim.
Graf Feldern.
Gräfin Feldern.
Graf Arthur Feldern.
Gräfin Flora Feldern.
Prinzessin Agnes.
Magdalene Werner.
Doktor Hagen.
Comtesse Rosa.
Comtesse Bella.
Baron Rietberg.
Erster ⎫
Zweiter ⎬ Kavalier.
Dritter ⎭
Eine ältere Dame.
Ein Jäger.
Ein Kammerdiener.

Gäste. Dienerschaft.

(Rechts und links vom Publikum aus.)

Erster Akt.

(Ein Salon.)

Erste Scene.
Jäger (steht im Vordergrunde.)
Gräfin Marie (kommt aus der offenen Mitte.)

Marie. Der Fürst hat Besuch bekommen?

Jäger. Ein Herr in der Hof-Equipage, Excellenz. Seine Durchlaucht haben den Herrn in ihr Arbeits-Kabinet geführt — ich hörte die Thür abschließen.

Marie. Nur die beiden Herrn? Der Sekretär ist nicht dabei?

Jäger. Herr Waldmann sitzt seit frühen Morgen bei den Akten, Se. Durchlaucht hatten ihm früher diktirt. Ich soll hier warten, bis — Excellenz verzeihen — ich höre klingeln —

Marie. So geh' Er! (Jäger rechts ab).

Zweite Scene.
Marie (allein.) (Dann) Hagen.

Marie. Wird sich's entscheiden? Wird er die Stelle endlich einnehmen, die ihm gebührt? Aber es kann nicht ausbleiben — kann nicht —

Hagen (auftretend). Frau Gräfin —

Marie (ihm entgegen). Nun, lieber Doktor Hagen! Uns're Gäste sind noch beim Dejeuner?

Hagen. Ich schlich mich unbemerkt davon —

Marie. Schön, schön, hier sind wir ungestört. — Sie flüsterten mir bei Tische zu, daß Alles gut ginge? Die Erbschafts-Verhandlung ist zu Ende?

Hagen. Beiläufig —

Marie. Und ohne Prozeß?

Hagen. Völlig im Frieden, Frau Gräfin, wie wir's All' wünschten!

Marie. Nach drei Jahren! Nun endlich! — Das Testament unf'rer guten Mutter, der Fürstin, war ein wenig verklausulirt.

Hagen. Allein die strittigen Punkte wurden verglichen, die Agnaten wollen gegen Geldentschädigung auf ihre Ansprüche verzichten. Fürst Robert Lübbenau wird Herr sämmtlicher Güter und Dependenzen der beiden Linien Lübbenau und Drehna.

Marie. Und das erfahr' ich heute! Kein Glück kommt allein! Das erfahr' ich heute, am Hochzeittage meiner Tochter! (mit einem Blick nach der Seitenthür rechts). An dem Tage vielleicht, wo — Und Sie haben die schwierige Sache mit so viel Eifer und Fleiß zu Stande gebracht! Wie soll ich Ihnen danken? (reicht ihm die Hand). Unserm Rechtsfreunde, unserm alten Freunde —

Hagen. Bitte —

Marie. Nun ist mein Bruder unabhängig — das kommt ihm zu Gute, seiner Stellung im Herrenhause! Nun kann er seinen hohen Posten erst mit freier Seele ausfüllen, ohne alle Rücksichten! Nun kann er auch — (hält inne)

Hagen. Ein Portefeuille annehmen?

Marie. Warum nicht? Wenn es dazu kommen sollte —

Hagen. Kaum zu bezweifeln! Es weht eine eigene politische Luft — ein Ministerium Lübbenau steht vor der Thür, wie es scheint —

Marie Das ist den Herren Demokraten wol unlieb? Ich meine Vater und Sohn!

Hagen. Mein Sohn sitzt in der Kammer, ich nicht! Ich gehöre nur zur Maße, zum Volk —

Marie. Sie kennen meinen Ehrgeiz, Doktor! Aber Sie kennen auch meine Liebe zu meinem Bruder — soll ich sagen, meine Anbetung? Dächten alle Frauen wie ich — (hält inne).

Hagen (mit Diskretion). Zum Beispiel die Prinzessin Isenburg?

Marie. Mein innigster Herzenswunsch! Sie haben's errathen! Er ist jetzt reich, unabhängig — und er braucht eine Frau! Bei den Arbeiten, den politischen Kämpfen die ihn aufreiben! Und die sanfte Prinzessin Agnes, die ihn längst im Stillen verehrt, seinen Werth begreift wie ich, ist vielleicht das einzige weibliche Wesen, dem ich einen solchen Bruder gönnen mag.

Hagen. Der Fürst ist zu beneiden um die Schwester, wie um die Braut! — Um wieder auf urser Geschäft zu kommen, Frau Gräfin — ich habe mir erlaubt, gewisse Pensionen und Gnadengaben einstweilen aus Eigenem vorzuschießen —

Marie. An die Armen unserer Mutter? Das bleibt wie bisher — ich kann's im Namen des Fürsten gut heißen (setzt sich).

Hagen. Schön! (tritt zu ihr). Er übrigt noch ein gewisses Codicill —

Marie. Was für Codicill?

Hagen. Magdalene Werner betreffend —

Marie. Uns're liebe Magda!

Hagen. Sie war die Tochter des gräflichen Rentmeisters in Hohenheim, nach dessen Ableben mein Mündel —

Marie. Und das Pflegekind uns'rer guten Mutter!

Hagen. Sie befindet sich nun seit Jahren hier im Hause der Hohenheim's als eine Art hochfürstlich Lübbenau'sches Erbstück —

Marie. Sie ist mehr! Weit mehr! Die Gespielin meiner Flora, ich darf sagen meine Freundin — und der Bruder schätzt sie kaum weniger als ich.

Hagen. Alles gut! Magdalene wurde auch im fürstlichen Hause erzogen, weit über ihren Stand gehalten — hier bei den Hohenheim's nicht minder — allein mein Mündel ist und bleibt zuletzt ein bürgerliches Mädchen, eine Waise, ohne Vermögen — und das Codicill mit seiner sentimentalen, etwas unbestimmten Textirung —

Marie. Unbestimmt? Wie lautet's denn? Ich entsinne mich nicht mehr —

Hagen. Ein einziger Passus (citirt aus dem Gedächtniß). »Meine theu're Magdalene Werner und ihr Schicksal lege ich in die Hände und an das Herz meiner geliebten Tochter.«

Marie. Das bin ich. — Was ist da unbestimmt?

Hagen (verneigt sich). Eine solche Lage ist jedenfalls beneidenswerth, aber —

Marie. Aber?

Hagen. Um Vergebung! Irgend ein klingendes Legat, gewissermaßen als Symbol eines so schönen und idealen Verhältnisses, würde nach meiner Ansicht die an sich beneidenswerthe Stellung des bürgerlichen Mädchens nicht geradezu verschlimmert haben —

Marie (steht auf). Das klingt wie Ironie, Herr Doktor!

Hagen. Nicht im Geringsten, Frau Gräfin! Es ist die Meinung eines Advokaten.

Marie. Der trock'ne Rechtsmann spricht aus Ihnen?

Hagen. Clara pacta, boni amici! Mein Sohn denkt ebenso —

Marie. Doktor Hagen junior! Liberaler Volksvertreter! Nun ja! Ihr wollt immer Ziffern! Ist denn ein Budget festzustellen? Die Liebe kennt kein Budget, braucht kein's! Magda ist mir von uns'rer Mutter an's Herz gelegt — ich werde für das Mädchen sorgen — auch für eine passende Partie, wenn es an der Zeit ist! (entfernt sich von ihm).

Hagen. Die Frau Gräfin zürnt mir?

Marie (tritt wieder zu ihm). Nein, lieber Hagen! Ich weiß, Sie meinen's gut mit Magda, mit mir, mit uns Allen! Sie sind nicht Ihr Sohn —

Hagen. Mein Karl? Warum?

Marie. Er verfolgt meinen Bruder — in der hohen Kammer wie in der Presse!

Hagen. Er hat nichts gegen den Fürsten! Nur seine Politik ist es, die er bekämpft, nicht die Person —

Marie (lebhaft). Wie trennt man das? Und warum verfolgt ihn diese radikale Partei? Ist das gerecht? Ist es nur auch klug? Will der Fürst nicht das Beste des Landes? Auch des Volkes? Ist er nicht in gewissem Sinne sogar liberal?

Hagen (ausweichend). Wir kommen da auf ein Feld —

Marie. Unser alter Disput! Wir sind und bleiben Gegner!

Hagen. D'rum eben, Gräfin! Man sollte nicht streiten, wenn man nicht in der Hauptsache einer und derselben Meinung ist.

Marie. Sie haben vielleicht recht! Und heute nun gar! An einem solchen Tage! Schließen wir Frieden! — Ihr Karl hat uns seit lange nicht besucht. Wissen Sie, daß Magda, wie oft, nach ihm fragt?

Hagen. So?

Marie. Sie ist ihm gut, sehr gut —

Hagen. Er ihr auch! Sie waren Jugendgespielen —

Marie. Eben darum! — Wär's nur kein solcher Robespierre!

Hagen. Da ist nun nicht zu helfen, Frau Gräfin —

Marie. Ihr seid unverbesserlich!

Hagen (zuckt die Achsel). Wer kann aus seiner Haut? aus seiner groben Volkshaut —

Dritte Scene.

Vorige. Flora (im Brautkleid). Arthur (in Uhlanen-Uniform).

Flora (rasch auftretend). Lassen Sie mich —

Arthur (folgt ihr). Schon wieder Sie? Sind wir nicht Mann und Frau? Seit einer Stunde schon? Nicht wahr, Mama?

Flora (stürzt der Mutter in die Arme). Ach Mama —

Marie. Was ist denn? Sei nicht kindisch! (spricht mit ihr).

Arthur. Sie will mir keinen Kuß geben, Doktor! Dem eigenen angetrauten Gemal! Was ist in Eurem Codex für Strafe darauf?

Marie. Geht nur zu den Gästen zurück, Ihr Herren! Flora wird sich inzwischen fertig machen. Euer Gepäck ist vorausgeschickt — Ihr selbst fahrt mit dem nächsten Zuge nach Hohenheim.

Arthur. Das himmlische Hohenheim!

Marie. Unser altes Familienschloß! (zu Flora) Das dir so theuer ist, gelt?

Arthur. Wo wir die Flitterwochen zubringen werden, Doktor! Bevor's in die Garnison geht! Flitterwochen, Mama! Wie göttlich das klingt!

Marie. Weil Sie auch ein Kind sind, Arthur!

Arthur. Krieg' ich jetzt meinen Kuß oder nicht?

Flora. Ein Mensch, der den

Champagner hinunterstürzt, Glas auf Glas, Mama —

Arthur. Ich kann was vertragen, Engel!

Flora. So trinken Sie nur weiter! Ich habe mit der Mama zu sprechen.

Arthur. Immer das ver — — wünschte Sie!

Flora. Ich glaube, er flucht, Mama! Das fehlte noch!

Marie. Geht also geht! — Nehmen Sie ihn mit, Doktor —

Hagen. Kommen Sie, Graf Felbern!

Arthur. Deine Hand wenigstens!

Flora (reicht ihm abgewendet die Hand). Nun, da —

Arthur (küßt ihr wiederholt die Hand). Dieses packschierliche Händchen — dieses Aermchen — (küßt den Arm).

Flora (entzieht ihm die Hand). Lassen Sie mich, sag' ich —

Arthur. Laß mich, muß es heißen!

Flora (ärgerlich). So laß mich!

Arthur. So ist's recht! Nun hab' ich ihr's abgetrotzt, Doktro! Aber sie sieht mich nicht an —

Hagen. Jungfräuliche Verschämtheit!

Arthur. Nun warte nur! Hab' ich dich erst draußen auf Hohenheim — (wirft Küße) Gold=Engel! (mit Hagen ab).

Vierte Scene.
Marie. Flora.

Marie. Sage was du hast!

Flora. Was ist das für ein Mensch, Mama? Früher hölzern, und jetzt — dieser Kasernen=Humor!

Marie. Weil er munter ist, glücklich! Du wirst es auch werden!

Flora. Niemals, nie! Mit dem nach Hohenheim? Nimmermehr! Ich bleibe hier — (wirft sich in den Armstuhl).

Marie (tritt zu ihr). Was sind das für Einfälle? Geh' hinein, laß dich umkleiden. Die Kammerjungfer wartet mit dem Reise=Anzug —

Flora. Ach Mama — (umarmt sie). Mama —

Mama —

Marie. Nun, was ist denn eigentlich? Thränen? Mein sonst so kluges Kind! Ich dächte gar!

Flora. Und warum soll man nicht weinen? Wenn man aus dem elterlichen Hause fort soll? Mit einem wilden Uhlanen obendrein. Zuletzt in's tiefe Polen! Dort ist seine Garnison —

Marie. Glaubst Du, daß ich Dich leicht verliere?

Flora. Ich überleb' es nicht, Mama —

Marie. Das ist nun unsere Bestimmung, mein Kind! Früher oder später — ein Mädchen muß heiraten! Und der junge Felbern — Ihr kennt Euch von Kindesbeinen an — er ist ein wackerer, herzensguter Mensch, ein tüchtiger Offizier — er wird Dich auf den Händen tragen — auch der Onkel meint —

Flora. O, der!

Marie. Onkel Robert! Der Dir's so gut meint! Oder nicht?

Flora. Es ist zu ertragen!

Marie. Du sagst das so bitter? Du verehrtest ihn sonst!

Flora (lebhaft). Das ist vorüber — längst vorüber —

Marie. Oho! Das wäre! (scherzend.) Was hat denn der gute Onkel Robert verbrochen?

Flora. Was er verbrochen hat? Der gute, gute Onkel?

Fünfte Scene.
Vorige. Magdalene.

Magda (durch die Mitte auftretend, spricht zurück). Vergessen Sie nicht, François, das Reise=Necessaire der Comtesse —

Flora. Was er verbrochen hat, Mama? Fragen Sie die Magda!

Marie. Dich?

Magda (nähert sich). Von mir die Rede?

Marie. Von meinem Bruder. Die Kleine scheint ihm zu zürnen —

Flora. Ich hab's Ursache! Gelt, Magda?

Magda (ablehnend). Wie soll ich wissen —?

Marie. Was hast Du eigentlich gegen Deinen Onkel?

Flora. Was ich habe? Er hält mich für ein Kind — für ein dummes Kind!

Marie (zu Magda). Was hat's denn gegeben?

Magda. Fürst Robert hielt ihr unlängst eine kleine Predigt, da sie übler Laune war! Seitdem —

Flora (lebhafter). Eine förmliche Vorlesung! Denken Sie, Mama! Ueber meine künftigen Pflichten! Und so hausväterlich! Dieser sonst so galante Herr Oheim!

Marie. Ist mein Bruder galant?

Flora. Wenn er's will! Wie damals in Hohenheim, gleich nach seiner Rückkehr aus Italien! Da war er so gut mit mir, so lieb! Zankte mit meiner lieben Mama, die mich, nebenbei gesagt, ein klein wenig kurz hielt, trotz meiner siebzehn Jahre! Lief nach dem Frühstück in den Wald mit mir — (zu Magda) auch mit Dir bisweilen —

Magda. Nur ein einziges Mal —

Flora. Ich hüpfte Euch voraus, pflückte Blumen, schmückte Onkel Robert damit, haschte auch Schmetterlinge — kurz, da war ich noch ein Kind! Ein glückliches Kind, Mama —

Marie. Nun, und jetzt?

Flora. Jetzt ist Alles anders! Jetzt deklamirt mir derselbe, sonst so liebenswürdige Onkel vor — so ernsthaft, so pedantisch, als säße er in seinem Herrenhaus — aber gleichviel! Da ich schon über kurz oder lang nach Polen soll und unter das Uhlanen-Volk — (wirft sich in den Armstuhl).

Marie. Mach Dir's bequem! Nun ja! (Zu Magda) die Gäste sind noch bei Tisch?

Magda. Die Herren trinken und erzählen Geschichten, die Damen sitzen in Gruppen, Frau Gräfin Feldern betrachtet sich ihren Arthur mit nassen Augen und verspeist Biscuit dazu —

Marie. Die gute Polixène! Sie wird bald allein sein, wie ich —

Sechste Scene.

Vorige. **Fürst** (von rechts).

Fürst. Ihr seid hier, Kinder? Man hat mich drinnen nicht vermißt?

Marie (eilt auf ihn zu). Sie haben nach Dir gesendet, Robert?

Fürst. Diesmal den alten Justiz-Minister! Einen braven, nur etwas diffusen Mann, Du weißt —

Marie. Man macht Dir wieder Anträge?

Fürst. Wie alle die Zeit her! Aber ich habe die Geschichte satt, übersatt —

Marie. Mein Gott! Du hast doch nicht abgelehnt?

Fürst. Ja und Nein. Der Mann nimmt meine Bedingungen mit, mein Ultimatum — und damit holla! (Tritt zu Flora, mit welcher Magda spricht.) Da ist ja unf're kleine junge Frau —

Marie. Willst Du Dich endlich umkleiden lassen?

Flora (steht auf). In's Himmels Namen, Mama!

Fürst. Bekomm' ich einen Kuß zum Abschied?

Flora. Wo denken Sie hin? Eine Respekts-Person wie Sie!

Fürst. Bist Du gescheidt? Sonst dutzten wir uns!

Flora. Sonst ist nicht jetzt und jetzt ist nicht sonst, Herr Onkel! Gestern war ich ein Kind, — heute bin ich eine Frau — gleichfalls eine Respekts=Person! Gelt, Magda? — Und mein junger Gatte liebt mich zärtlich, er trägt mich auf den Händen und ich werde recht glücklich sein mit meinem herzensguten, etwas plumpen Arthur — dem nicht mehr gar so jungen Herrn Onkel zum Trotz! —

Recht glücklich! Gelt, Magda? Gelt, Mama? Recht glücklich, recht — (rasch links ab.)

Siebente Scene.
Fürst. Marie. Magdalena.

Fürst. Was hat das Kind? War's doch, als ob sie Thränen hinunter schluckte!

Marie. Eine Braut! Das ist nun so! — Du glaubst, daß man Deine Bedingungen annehmen wird? — Bleib' nur, Magda! Du gehörst ja zu uns. — Du glaubst also?

Fürst. Ich will's abwarten und werde mich nicht grämen, wenn man mich in Ruhe läßt.

Marie. Aber ich! Du mußt den Platz einnehmen, der Dir gebührt, den höchsten Platz! Ein Ministerium Lübbenau kann nicht ausbleiben! Ich bin stolz auf Dich, Bruder! und bin's mit Recht! Gibt's noch einen Mann wie ihn?

Fürst. Dieses Lob en famille —

Marie. Sieh', Magda, das ist nun Einer, der mir, wie oft, Schmerzen macht, der mich nicht selten quält — und mein Herz gehört doch ihm, seid ich athme und bin! Ach, und er ist nicht einmal zärtlich mit mir —

Fürst (drückt sie an sich). Liebste beste Marie —

Marie. Das war ein Almosen! — Wir sind arme Geschöpfe, wenn wir lieben! Und so gar genügsam! — Meine Flora wird mich erwarten — seht Ihr inzwischen ein wenig zu unsern Gästen. (l. ab.)

Achte Scene.
Fürst. Magdalene.

Fürst. Wer eine solche Schwester hat, braucht der eine Frau? Sagen sie selbst! Sie gehen, Fräulein?

Magda. Ich soll zu den Hochzeitsgästen —

Fürst. Auch ich! Aber man richtet's wohl ohne uns. — Sie sind heute geschmackvoll gekleidet, wie immer! Aber so bescheiden! Beinahe zu bescheiden! An diesem feierlichen Tage! Nicht wie unsere jungen Countessen —

Magda. Die sind Brautjungfern! Ich gehöre nur in's Haus, zum Hause, auch geh' ich am liebsten einfach.

Fürst. Ja, wie draußen auf dem Lande! Das gewisse Kleidchen! Es war ein Stoff — ich weiß nicht, wie man's nennt — leicht wie eine Feder, weich wie eine Wolke —

Magda. Sie meinen das graue, das Linon-Kleid?

Fürst. So ein zartes taubengrau — ganz recht! Sie trugen es am Tage meiner Ankunft in Hohenheim — aber seitdem nicht wieder, obwohl ich Sie wiederholt darum gebeten hatte —

Magda. Das Kleid ist längst zertrennt, zerschnitten —

Fürst. So? Wirklich?

Magda (will fort). Sie erlauben mir, Durchlaucht —

Fürst. Sie wollen mich los haben? (setzt sich.)

Fürst. Kein Leben in der Stadt! Keine Freiheit der Bewegung! Draußen auf Hohenheim war's anders! (Tritt langsam zu ihr.) Ich werde die paar Wochen nie vergessen! Wir lebten da so idyllisch — die Schwester, Sie und ich!

Magda. Das heißt — Sie und die Gräfin!

Fürst. Des Abends saßen wir doch Alle zusammen! Sie traten an's Klavier spielten Sonaten von Beethoven, sangen uns Schubert'sche Lieder vor — (sitzt zu ihr).

Magda. Wenn man das singen nennen mag! Mit so wenig Stimme —

Fürst. Und so viel Seele! — Wissen Sie auch, liebe Magdalene, daß mich bisweilen ein Ekel ergreift? Ich möchte aus der Welt fliehen, mich in die tiefste Einsamkeit vergraben —

Magda. Ein Mann wie Sie? In Ihren Jahren!

Fürst. Wenn man früh zu leben anfängt! Mir ist ab und zu, als hätt' ich weit über ein halbes Jahrhundert hinter mir! Man erlebt jetzt so viel und lebt so schnell —

Magda. Die Männer! Sehr begreiflich! Weil Ihr für's Ganze lebt, nicht mehr für einen beschränkten Kreis! Sie nun gar! Sie sind zu einer großen Thätigkeit berufen, zu einer hohen Wirksamkeit —

Fürst. Was wirkt man denn? - Sie interessiren sich für Politik?

Magda. Ganz im Stillen. Ich lese die Kammerreden —

Fürst (lacht). Da kennen Sie wohl auch die letzte Philippika des Herrn Doktor Hagen junior gegen das Herrenhaus — eigentlich gegen mich?

Magda (halb scherzend). Da ich ge wissenhaft lese, nichts überschlage — am wenigsten die geistreichen Repliken des Fürsten Lübbenau —

Fürst. Sie sind aber im Grunde Ihres Herzens doch eine kleine Demokratin, wie?

Magda. Weil ich von niederer Geburt bin?

Fürst. O nein, aber Sie sind die Freundin eines Volksmann's, der Sie hochhält! Die Schwester behauptet das wenigstens —

Magda. Ich bin stolz auf die Theilnahme eines Mannes, wie der junge Doktor Hagen —

Fürst. Die Theilnahme ist also gegenseitig?

Magda. Warum sollt' ich es läugnen? Darf man keinen Freund haben?

Fürst. Je nachdem! Es gibt Freunde und Freunde! — Aber uns Vornehme hassen sie im Stillen — bekennen Sie's nur!

Magda. Ich hasse Sie?

Fürst. Meine Schwester vielleicht ausgenommen — auch meine Nichte —

Magda. Den jungen Grafen Arthur nennen Sie nicht?

Fürst. Meinen neuen Neffen? Den plumpen Uhlanen? (Lacht.) Nicht übel! Also nur der Fürst ist preisgegeben? Nun freilich, wir sind Alle Tyrannen! Uns muß man hassen — uns Fürsten mein' ich! Die großen wie die kleinen! Lauter Tyrannen, nicht so?

Magda (Pause dann ernsthaft.) Sie sind ein Tyrann, Fürst Robert!

Fürst. Warum? Weil ich Sie mit meiner Freundschaft quäle? Weil ich Respekt vor Ihnen habe? Ihnen Dankbarkeit schuldig bin?

Magda. Dankbarkeit?

Fürst (steht auf). Wem sonst als Ihnen? Denn Sie pflegten unsre arme alte Mutter mit einer Sorgfalt, einer Liebe — kamen das letzte Jahr kaum mehr aus der Krankenstube — ich weiß Alles!

Magda. Ist das ein Verdienst? Eine Frau, der ich Alles danke — (steht auf.)

Fürst. Das Beste sich selbst! Als ich vor Jahren meinen Gesandtschaftsposten antrat, da waren Sie ein nettes zierliches, kleines Mädchen — seitdem hatte ich Sie nicht wieder gesehen, aber von Ihrer Entwicklung vernommen, von Ihrem Fleiß, Ihren Talenten, Ihrem Geiste, Ihrem guten Herzen — auch von Ihrem frischen, frohen Sinn! — Und so fand ich's auch — draußen auf Hohenheim. Da stand das lebendigste Leben verkörpert vor mir, der feinste Geist, die holdeste Anmuth! Nur Eins hielt nicht immer an: der sprudelnde Humor der ersten Tage, als Sie mit dem neuen Bekannten durch Feld und Wald liefen, hatte sich, wie bald, verloren —

Magda (rasch.) Meine Migraine! Sie haben recht! Ich war häufig maussade — nicht wahr? Unausstehlich! Mir selber —

Fürst (nimmt ihre Hand.) Und wenn die süße Melancholie, in die der heitere Scherz bisweilen überging, mich noch mehr anzog? Wenn das ernste, sinnige Auge mir die neue junge Freundin noch weit werther machte, als das frühere sonnige Lächeln?

Magda (nach einer kleinen Pause.) Sie hatten in dem — halben Jahrhundert wohl viele weibliche Bekanntschaften, Fürst?

Fürst. Ich? das heißt —

Magda. Ich nehme an, keine gewöhnlichen! Auch vornehme Damen, nicht wahr?

Fürst (hält noch ihre Hand.) Gewiß! „Mein Leben war nicht arm — auch nach dieser Seite! — Aber worauf zielen Sie?

Magda (besinnt sich.) Verzeihen Sie — ein Einfall — es lief mir durch den Kopf — aber ich will Ihnen nicht Unrecht thun — (entzieht ihm langsam ihre Hand.)

Fürst. Hab' ich's an Respect fehlen lassen? Sind Sie beleidigt, wenn man Sie lobt?

Magda (tritt zu ihm.) Aufrichtig, Fürst! Hätten Sie einer Dame aus der Gesellschaft, einem Wesen Ihres Gleichen, in solcher Art und Weise schmeicheln mögen, schmeicheln dürfen, wie jetzt eben mir, dem Bürgermädchen?

Fürst. Sie sind stolz, mein Kind!

Magda. Nein. Ich vertheidige nur meine Stellung — bewahren Sie die Ihrige.

Fürst. Hab' ich Sie verletzt — bei Gott, ohne mein Wissen und Wollen — so hatten Sie mich zuerst gereizt!

Magda. Ich?

Fürst. Ja, Sie! — Warum bin ich ein Tyrann?

Magda (zögernd.) Warum?

Fürst. Welcher Tyrannei hab' ich mich gegen Sie schuldig gemacht? Sprechen Sie!

Magda. Es gibt nur eine Tyrannei! Die Macht, die Uebermacht, die der Starke immer über den Schwachen ausübt —

Fürst. Wer ist hier stark? Wer schwach? Die Schönheit ist die höchste Macht!

Magda (lebhaft.) Und bei wem die höchste Ohnmacht, Fürst? Beim Weibe! Wenn es schwach genug wäre, an die gebrechliche Macht zu glauben, die man ihm anschmeicheln will!

Fürst. So heftig! — Sie hassen mich also wirklich?

Magda. Ist Ihnen daran gelegen, daß wir gute Freunde bleiben?

Fürst. Was sollte mir —? Wo denken Sie hin? Sie sind mir ja gleichgiltig, vollkommen gleichgiltig!

Magda. Nun denn — Ihre Hand!

Fürst. Was soll die Komödie?

Magda. Ihre Hand — ich bitte!

Fürst. Nun, da —

Magda. Und Ihr fürstliches Wort, daß wir den Gegenstand unsers heutigen Streites nicht wieder berühren wollen —

Fürst. Haben wir denn gestritten? Und worüber?

Magda. Daß wir in Zukunft nur von gleichgiltigen Dingen mit einander sprechen wollen — von völlig gleichgiltigen Dingen!

Fürst. Wovon sprachen wir sonst? Was ist gleichgiltiger als Ihr Klavierspielen oder Ihr taubengraues Leinenkleid?

Magda. Sie versprechen es also?

Fürst. Ich verspreche es. — (Im leichten Tone.) Bei meinem hochfürstlichen Wappen! Ich will Sie mit solcher Rücksicht behandeln, als wären Sie ein Mitglied der einflußreichen Opposition, die man schonen muß — und ich werde in Zukunft eine Conversation mit Ihnen führen — eine Conversation — (horcht nach dem zweiten Salon) als stünde ich der alten Gräfin Feldern gegenüber, deren Trompetenstimme ich eben zu vernehmen glaube, die mich übrigens weit gütiger behandelt als meine schöne und grausame junge Freundin! (entfernt sich von ihr.)

Neunte Scene.
Vorige. Gräfin Feldern. Graf Feldern. Arthur.

Gräfin. Arthur, mein Sohn — mein Sohn Arthur —
Graf. Laß ihn doch, Lyrel!
Arthur. Wo ist mein Engel? Wo ist meine Frau?
Fürst (tritt hinzu.) Da drinnen, Uhlane!
Arthur (umarmt ihr.) Robert! Sie ist mein, mein, das Glück, die Seligkeit! Mein, Mama! (umarmt die Gräfin.) Völlig mein!
Gräfin. Der gute Arthur! (zum Grafen, gerührt.) Das mahnt mich an unsern Hochzeitstag, Bastian!
Graf (trocken.) Mich auch, Lyrel! Aber es ist schon lange her —
Gräfin. Ihr fahrt also nach Hohenheim? Muß denn das?
Arthur. Die Schwiegermutter hat's wollen — und was die will —
Gräfin. Ich soll meinen Arthur verlieren! Heute schon! Ach Gott!
Arthur. Munter, Mamachen! Es geht ja nicht aus der Welt! Die Bagage ist voraus — hurrah!
Gräfin. Kommt nur bald zurück —
Arthur. Nach den Flitterwochen! Heißa!
Gräfin. Nicht doch, mein Sohn! Dein Urlaub geht ja in vierzehn Tagen schon zu Ende —
Arthur. Was kümmert's mich! Hopsa!
Gräfin. Ihr dürft nur acht Tage draußen bleiben, und noch acht Tage bei uns in der Stadt — bei den Eltern! Die Abende bringen wir alle mit einander zu, beide Familien, so haben wir's ausgemacht, die Hohenheim und ich!
Arthur. Mit meinem Engel? Wo Du willst, Mama! Wo Du willst! — Wann kommt sie endlich? Wo bleibt sie nur? (eilt zur Seitenthüre links, horcht.)

Gräfin. Arthur! Ach Gott, da reißt er mir aus! (immer gerührt.) Und zu denken, daß er bald fort muß! In die abscheuliche Garnison!
Graf (welcher inzwischen sich Magdalena genähert, mit ihr gesprochen.) Wird ihm gut thun, dem Muttersöhnchen!
Gräfin. Aber in's tiefe Polen, Bastian! Wo die Menschen aufhören und die Wölfe anfangen — (wischt die Augen.)
Graf. Ohne Sorge, Lyrel! Ein derber Uhlanen-Rittmeister! Den zerreißt Dir kein Wolf! — Wie distinguirt unsere Magda aussieht! Gelt, Robert?
Gräfin (nähert sich.) Der liebe Schatz! Ach ja! Ich habe kaum ein Wörtchen mit Ihnen gesprochen — verzeihen Sie's mir! Wenn das Herz so voll ist — (wischt die Augen). Und Sie haben uns so vortreffliche Butterbrätzel vorgesetzt! Und die Biscuits! Selbst gebacken?
Magda. Die Kammerjungfer, Frau Gräfin —
Graf. Natürlich, Lyrel! Das sind keine Händchen, um Teig zu kneten — (will Magdalenen's Hände ergreifen.)
Magda. Bitte, Herr Graf —
Fürst (ruft). Feldern!
Graf (tritt zu ihm). Beliebt?
Fürst (leise zu ihm). Das ist nichts für Dich, alter Sünder!
Graf (ebenso). Willst Du Alles für Dich allein, junger Sünder?
Fürst. Ich? Wie so?
Graf. Still, Du Don Juan! Die reizende Magda! Weiß man's nicht?
Fürst (betroffen). Was weißt Du? Was will man wissen?
Arthur. Flora! Sie kommt! Nun endlich!

Zehnte Scene.
Vorige. Marie. Flora (im Reise-Anzug.)

Marie. Bist Du nun wieder mein gescheites Töchterchen?

2*

Flora. Ich will mich zusammen nehmen, Mama —
Arthur. Meine Flora! Wie himmlisch sie aussieht!
Marie. Nun geht's ernstlich an den Abschied, Kinder!
Gräfin. Ich begleite Euch auf den Bahnhof, wir Alle —
Marie. Vergib, liebe Feldern, aber das ist gegen die Verabredung!
Gräfin. Aber mein Arthur! Ach Gott — ich bin Mutter —
Marie. Bin ich's nicht auch? Allein wir halten die jungen Leute nur auf —
Arthur (der sich mit Flora beschäftigt). Freilich, freilich! Wir versäumen den Zug, Mama!
Gräfin. Ach Gott, Arthur — ach Gott —
Graf. Mit deinem Jammern! Schweig doch endlich still, Lyxel!
Gräfin. Du hast kein Herz! Du bist kein Vater!
Graf. Muß bitten —
Arthur. Wo ist der Wagen? Wo ist dein Mantel, liebes Kind?
Flora. Die Jungfer hat Alles —
Gräfin. Es wird also Ernst? Ach Gott —

Eilfte Scene.
Vorige. Rosa. Bella. Hochzeitsgäste. Herren und Damen. Hagen.

Graf. Da kommen die Comtessen Brautjungfern!
Rosa. Herzens=Flora —
Bella. Meine Flora —
Flor (umarmt sie). Rosa — Bella —
Graf (lorgnirt f. f.) Die Backfische sind auch nicht übel!
Hagen (tritt hinzu). Darf auch ich meinen Glückwunsch, Frau Gräfin —?
Flora. Frau! (Reicht ihm die Hand). Man muß sich's gewöhnen —
Arthur. Meine, meine Frau! Das klingt!

Marie. Sagen Sie Ihren Beiständen ein Wort, lieber Schwiegersohn!
Arthur. Gleich, Mama! — Herr General — Herr Oberst — meinen unterthänigsten Dank —
Rosa (zu Flora). Wir sehen Euch noch vor Eurer Abreise nach der Garnison?
Bella. Du mußt's versprechen, Flora!
Flora. Gewiß —
Marie (tritt hinzu). Macht ein Ende, Kinder! (ruft) Arthur!
Arthur (eilt hinzu). Hier, Mama!
Marie. Meinen letzten Segen! Der Himmel beschütze Euch! — Wo ist der Onkel Brautführer?
Fürst (fährt auf). Hier liebe Schwester — (tritt hinzu).
Graf (f. f.). Er hat nur Augen für die Schöne! Das soll man im Casino erfahren —
Fürst (zu Flora und Arthur). Seid glücklich, das ist mein Herzenswunsch! (Zu Flora). Und wie ich Dich, der reife Mann, aus der harmlosen Kindheit fortgeführt, so tritt nun in ein neues, volleres Dasein hinüber, das Dir, wie ihm, reichen Segen bringen möge!
Gräfin (tief gerührt). Amen — Amen!
Graf (zu einigen Cavalieren). Wie salbungsvoll der Roué sprechen kann!
Fürst. Sei glücklich, liebes, liebes Kind! (Küßt Flora auf die Stirn, die zusammenschrickt).
Magda (hinter Flora's Rücken, rasch und leise) Sei stark! Verrathe Dich nicht!
Fürst. Mache sie glücklich, Arthur! Sie verdient Deine vollste Liebe!
Arthur (gerührt, schluchzend), Ich weiß ja, Robert — ich bin Ihrer nicht werth — (ausbrechend): So ein Engel — (zieht das Sacktuch hervor).
Gräfin. Mein Arthur! Ach Gott —

Erster Cav. (leise). Diese Familienscene, Feldern —
Zweiter Cav. Für Dich ist's rührend, als Papa!
Graf. Das wol! Aber aufrichtig, Kinder — im Stillen sehn' ich mich selber nach unserer Whistpartie im Casino!

Zwölfte Scene.

Vorige. Kammerdiener. Dann der Jäger.

Marie. Da kommt François! — Der Wagen?.
Kammerdiener. Alles bereit, Excellenz —
Arthur. So komm', liebes Weibchen!
Gräfin. Ach Gott —
Jäger (kommt mit einem versiegelten Schreiben).
Marie. Dein Jäger, Robert —
Fürst. Mit Erlaubniß! (erbricht das Schreiben, liest).
Marie (tritt zu ihm, erwartungsvoll). Deine Bedingungen — sie haben angenommen?
Fürst (reicht ihr schweigend das Blatt).
Marie (liest, freudig). Du bist's also?
Flora. Mama, wir gehen —
Marie (lebhaft). Nehmt's auf die Reise mit! Euer Onkel ist Staats-Minister!
Die Gesellschaft. Staats-Minister!
Hagen (zuckt die Achsel). Ein Ministerium Lübbenau! Da haben wir's —
Graf (zu seinem Kreise). Der Roué Staats-Minister! (Laut). Gratulire, Herr Bruder!
Magda. (freudig für sich). Er hat's erreicht!
Hagen (mit einem Blick auf Magdalene). Sie freut sich darüber? Armes Kind!

(Der Vorhang fällt).

Zweiter Akt.

(Boudoir.)

Erste Scene.

Graf (steht am Tisch, blättert in den Album's.) Fürst (tritt durch die Mittelthür ein, ihm folgt der Jäger, der einen Pack Papiere trägt).

Fürst. Ich bleibe zu Hause, brauche den Kutscher nicht mehr. Die Akten auf mein Arbeitszimmer, der Kammerdiener soll's übernehmen. (Tritt vor).
(Jäger geht rechts ab).
Graf. Bon jour —
Fürst. Du bist es, Feldern? (Legt den Hut weg). Du erwartest meine Schwester?
Graf. Meine Frau schickt mich her. Gräfin Marie ist noch in ihrem Schlafzimmer —
Fürst. Ich will gleich nachsehen —

Graf. Laß nur! Die Schöne hat mich bereits gemeldet —
Fürst. Was für Schöne?
Graf. Nun, Eure Magdalene, oder Magda, wie Ihr sie nennt! — Ein reizendes Geschöpf, diese Mamsell Werner! (Reibt die Hände).
Fürst. Du wirst ja warm!
Graf. Wer wird das Schöne nicht schön finden? Du etwa nicht auch? Weiß man's doch —
Fürst (ärgerlich). Schon wieder! Was weiß man?
Graf. Nichts, Herr Bruder, als — daß Du in die Pflegetochter Deiner seligen Mama bis über die Ohren verliebt bist!
Fürst. Verliebt? Unsinn! Wer sagt Dir —?
Graf. Man hat so seine Anzeichen! (tritt ihm näher). Sah ich's nicht mit eigenen Augen, wie Du ihr bei der Verlobung Deiner Nichte mit meinem Herrn Sohn verstohlen in's Ohr geflüstert? Zwei- dreimal ihren Arm ergriffen, ihr Bracelet bewundert, ihre Ohrringe, ihre Broche — und was noch! Und früher schon! Draußen auf Schloß Hohenheim, gleich nach Deiner Rückkehr aus Italien, in der ländlichen Einsamkeit! Wie? Man erzählte sich da Dinge —
Fürst (ernstlich). Feldern! Ich verbitte mir —
Graf. Nun, nun, Bruder! Ich sage ja nichts, ich beneide Dich nur. Das bürgerliche Mädchen ist appetitlich wie nur Eine! Und daß unser neuer Herr Staatsminister trotz seinen Arbeiten, seinem unermüdlichen Fleiß und seiner hohen Politik nicht eben von Eisen ist, das weiß ja doch alle Welt!
Fürst. Was Du immer wissen oder Dir einbilden magst, behalte für Dich! Ich mag fleißig sein oder mich verlieben, so ist das meine Sache — Du kannst nach Deiner Gewohnheit Dich dem süßen Nichtsthun ergeben und den Alltagsweibern nachlaufen — bekannter maßen Dein einziges Geschäft! Außer der Liebhaberei für Pferde und Hunde —
Graf. Um Vergebung! Immer besser als Eu're langweiligen Minister-Konferenzen! Vor Allem amüsanter —
Fürst. Wer mit Dir über Thätigkeit streiten wollte! — Und nun in vollem Ernste und für alle Zukunft — sei so gut, Magdalene nicht mit Euren gewöhnlichen Mädchen zu verwechseln — am allerwenigsten aber den Fürsten Lübbenau mit dem Grafen Feldern! (entfernt sich von ihm).
Graf. Potz, Herr Bruder! Mensch ist Mensch — und hübsch ist hübsch! Was thust Du so groß? Man weiß doch, was man weiß! (f. f.) Und im Kasino haben Sie's längst erfahren —

Zweite Scene.

Vorige. Marie (aus der ersten Thür links).

Graf. Da kommt Deine Schwester! — Bon jour, Gräfin Marie!
Marie. Guten Tag, Feldern! (eilt auf den Fürsten zu). Lieber Robert! Wir sahen uns heute noch nicht —
Fürst (reicht ihr die Hand). Vergib, Marie! Wir hatten Sitzung auf Sitzung —
Marie. Immer die Arbeit! Armer Bruder!
Fürst. Was willst Du, Schwester? Es gilt, das berüchtigte Danaiden-Faß anzufüllen — (setzt sich zum Tisch, blättert in den Album's).
Marie. Sie besuchen mich, Feldern? Was macht meine Freundin Polyxene? (sitzt zur andern Seite).
Graf (tritt zu ihr). Meine Lyxel wird immer dicker und macht den ganzen Tag nichts als Patiencen. Sie befragt das Kartenorakel um das Schicksal ihres Arthur!
Marie. Er hat ihr nicht geschrieben?
Graf. Das Muttersöhnchen! Denken Sie! Keine Zeile!

Marie. Noch meine Flora mir!

Fürst (am Tisch). Verlange Dir's nicht! Es sind die Flitterwochen — Graf Die die Verliebten auf Euerm Hohenheim zubringen! Wie ein paar Schäfer —

Marie. Sollen sie's nicht? Man muß junge Gatten für die erste Zeit sich selbst überlassen —

Graf. Das hab' ich der Lyzel auch gesagt! Aber reden Sie der Vernunft! — »Arthur's Urlaub ist in wenig Tagen zu Ende — wo bleibt er? Warum schreibt er nicht? Gewiß, er ist krank, hat den Thyphus, die Cholera, ach Gott!« — Und wieder das Orakel befragt, und zuletzt mich herg schickt, ob Sie keine Nachrichten aus Hohenheim — ? Haben Sie vielleicht?

Marie (steht auf). Nein. Aber ich will hinaussenden — heute noch — um eine zärtliche Mutter zu beruhigen. Zwei Mütter eigentlich!

Graf. Sie senden also nach Hohenheim? Gut! Ich beruhige die Lyzel —

Marie. Man sieht Sie bald, lieber Feldern? Euch beide, mein' ich! An einem Abend? Zu einer kleinen Partie vielleicht?

Graf. Heute, morgen, wann Sie's wollen —

Marie. Gleich heute also!

Graf. Schön! Meine dicke Gräfin wird sich freuen! Wenn die von Karten hört! Ein paar gute Freunde — ein Whist mit dem Strohmann — das ist so ihre Passion! Und Thee mit mürben Brätzeln und Butterschnitten, Kanapé's — die liebe Magda weiß das so köstlich herzurichten! — Gelt, Bruder? — Heut' Abend also! Es bleibt dabei! Au revoir, Gräfin Marie! (zum Fürsten ha'blaut) Du zürnst mir nicht, Bruder? Ich beneide Dich ja nur — wir alle im Kavalier-Kasino! — Au revoir — (ab).

Dritte Scene.

Fürst. Marie.

Fürst (halb f. s.) Der Geck! Der Plauderer!

Marie (setzt sich, nimmt eine Arbeit). Was hat er Dir zugeflüstert?

Fürst. Eigentlich nichts! Aber ich fürchte seine lose Zunge! — Fatale Menschen, diese Feldern's! Da ladest Sie Dir auf den Hals?

Marie. Unserer Flora wegen! Man muß doch des-gleichen thun —

Fürst. Ich werde den Abend nicht aus meinem Zimmer gehen. Ich habe viel Arbeit — (steht auf).

Marie. Du kommst aus der Konferenz? Du scheinst nicht völlig zufrieden! Man hatte doch alle Deine Bedingungen angenommen?

Fürst. Sie mußten's wohl!

Marie. Weil Sie Dich brauchen!

Fürst. Ja! Nur daß man sich leicht verbraucht! (tritt zu ihr).

Marie. Und doch bist Du der einzig passende Mann!

Fürst. Was ist ein einzelner Mann? Ein einzelner Minister? Die Welt ist aus den Fugen, die ganze Gesellschaft ist krank — und da glaubt Ihr, mit ein paar weisen Dekreten ließe sich das wieder einrichten? Und der Eine meint so, der Andere anders! — »Große Männer fehlen uns!« heißt's auf der einen Seite. »Wir brauchen keine großen Männer,« versichert dagegen der demokratische junge Freund Eurer Magdalene — »Das Volk ist Alles!« Und er hat in gewissem Sinne recht. Da wir keine Flügelmänner mehr haben, lauter kleine mittelmäßige Leutchen sind, so müssen wir beiläufig zu einander halten, kein Einzelner regiert uns mehr — wir regiren uns selbst, durch sogenannte Majoritäten! Ja, liebe Marie, das Volk ist Alles! Und so sitzen wir zusammen, wir Söhne des alten Ritterthum's, mit den neuen Rittern vom

Geiste, und stimmen gemeinsam ab — gescheidt oder dumm, wie's fällt! So ist's, Schwester!

Marie (steht auf). Aber Du bist ja von allen Seiten begehrt, nach Oben wie nach Unten beliebt —

Fürst. Glaube das ja nicht, Schwester! Unten uns — nach Oben gelte ich für zu liberal — für die Unten bleibe ich immer der Fürst, der Aristokrat — sie lassen mich zwar gelten, schmeicheln mir sogar, aber im Stillen hassen Sie mich von Oben nach Unten und von Unten nach Oben! (lacht) Du siehst, daß sich der neugebackene Staatsminister keine Illusionen macht! Aber jeder Mann soll seine Schuldigkeit thun und das will auch ich! — Du erlaubst, daß ich jetzt auf mein Zimmer gehe, vor Tisch noch ein Stündchen arbeite?

Marie. Du bist rastlos, lieber Bruder! — Du hast Doktor Hagen nicht gesprochen?

Fürst. Den Jüngeren?

Marie. Nein, den Alten! Er sollte die Popiere bringen —

Fürst. Die Dokumente! Ja so!

Marie. Wir sind ihm Dank schuldig —

Fürst. Gewiß!

Marie. Was meinst Du wohl? Wenn wir dem Vater in dem Sohne dankten!

Fürst (steht sie an). Wie denn das?

Marie. Wir haben einen Magnet im Hause, der den jungen Mann anzieht —

Fürst. Magdalene? — Die prüde Mamsell!

Marie. Sie ist eben nicht prüde —

Fürst. Also stolz! Das kommt auf Eins —

Marie. Findest Du? Nun, das Mädchen hat seine Fehler —

Fürst. Eure Schuld! Ihr habt sie verzogen! Erst die Mama, dann Du! Nun, und der — Demokrat will sie heiraten?

Marie. Wir müssen doch endlich für das Mädchen etwas thun! — Eine passende Partie! Meinst Du nicht? Dabei ein vortrefflicher Mann, der ihr vom Herzen gut ist. Wenn Du also einverstanden bist, Bruder — (legt die Hand auf seine Schulter).

Fürst. Was geht's mich an? Wenn Sie ihn nehmen will! — Adieu —

Marie. Robert —

Fürst (bleibt stehen). Liebe Marie?

Marie. Sage, wie steht's mit Dir? Das Wesen, das Dich so innig verehrt, hat wieder eine Partie ausgeschlagen — Deinetwegen!

Fürst (lacht). Willst Du denn alle Welt verheiraten, Schwester?

Marie. Prinzessin Agnes ist Deiner werth —

Fürst. Doch ob ich Ihrer? Das ist die Frage! — Und kann ich jetzt an so was denken? (ergreift Ihre Hand). Liebe Marie, Du wolltest mich durchaus hinauf haben! Da stehe ich nun! Aber die Macht ist trüglich, mein Kind! Kein Minister ist jetzt auf die Dauer und selten nimmt Einer ein gutes Ende!

Vierte Scene.

Vorige. Magdalene (aus der zweiten Thür links).

Magda. Liebe Gräfin — um Vergebung — (will wieder fort).

Fürst. Bleiben Sie nur, Fräulein! Ich bin eben auf dem Wege —

Marie. Auch ich! (zu Magda). Du suchtest mich?

Magda. Ich wollte nur fragen, ob Sie mich brauchen —

Marie. Warum? Du willst Besuche machen?

Magda. Bei Frau Hagen. Aber es ist nicht dringend —

Marie (mit einem Blick auf den Fürsten). Bei der Mutter? — Immer zu, mein Kind! Aber erwarte mich erst. Ich schreibe nur einen Brief.

Fürst. Auf Mittag also! Wir sind allein?

Marie. Immer nur zu Dreien! Seit Flora weg ist —

Fürst. Ich sehe schon, ich werde Dir noch eine Frau in's Haus bringen müssen, um das Töchterlein zu ersetzen! — Auf Wiedersehen bei Tisch! (rechts ab).

Marie. Du erwartest mich, Kind? (ab in ihr Zimmer).

Fünfte Scene.

Magdalene (allein). Dann Hagen.

Magda (allein). Nein, ich ertrag' es nicht länger — so nicht! — Meine muntere Laune ist weg, seit — Aber war ich denn munter? Heiter bisweilen, aber sonst — (setzt sich, stützt den Kopf auf den Arm). Je mehr ich's überlege — so kann's nicht bleiben! Darf's nicht! Ich muß aus dem Hause fort — für längere Zeit — wo möglich für immer fort! — Aber wie stell' ich's an? Und wohin mich wenden? Wohin?

Hagen (tritt ein, nähert sich langsam).
Magdalene —

Magda (fährt auf). Wer ruft? (steht auf, reicht ihm die Hand). Sie sind's, lieber Vormund?

Hagen. Kann man die Frau Gräfin sprechen?

Magda. Sie wird gleich herauskommen —

Hagen. Desto besser! Diese Damen lassen warten! Und meine Zeit ist mir zugemessen —

Magda. Hab' ich gar keinen Anspruch darauf? — Wir sehen uns so wenig, immer nur auf Augenblicke —

Hagen. Deine Schuld, mein Kind! Warum kommst Du so selten zu mir? Zu meiner Frau?

Magda. Wie gerne wollt' ich's! Ich fühle mich so wohl bei Euch, so heimisch —

Hagen. Wirklich? Nun, wenn das ist —

Magda. Leider bin ich nicht Herrin meiner Stunden, meiner Person! Besonders in letzter Zeit. Meine Gräfin ist jetzt allein, — auf mich beschränkt. Die Heirat, Sie wissen —

Hagen. Das kam ja plötzlich —

Magda. Im Gegentheil! Eine Familien-Uebereinkunft, seit lange. Und da sie aus der Gesellschaft sind, zu einander gehören —

Hagen. Freilich, freilich! Sie haben auch das Gefühl des zusammen Gehörens und halten darauf.

Magda. Sollten sie's nicht? Man hält sich gern zu seines Gleichen!

Hagen. Wer mag sie darum tadeln! Wären nur wir Bürgerliche gleichfalls so stolz, exclusiv zu sein — oder so gescheidt! Aber wir drängen uns nicht selten in die Nähe derer, die uns ausschließen —

Magda. Soll das auf mich? Mich führte mein Geschick mitten in die vornehme Welt, ohne mein Zuthun.

Hagen. Als Kind! Nun ja! Allein Du bist nun längst Mädchen, hast das Urtheil, den Verstand, Deine Verhältnisse mit klarem Blick zu überschauen, und wenn man Dir rathen dürfte — (hält inne.)

Magda. Sie meinen —?

Hagen. Gerade heraus, Magdalene! Was hält Dich länger hier? Was hast Du eigentlich von den Leuten?

Magda. Was ich habe? Bin ich nicht eine arme Waise? Meine Existenz! Die Wohlthaten eines ganzen Lebens —

Hagen. Das heißt, man gibt Dir zu essen! Du zahlst dafür mit Deiner Person, opferst Zeit, Neigung, Stimmung, Gewohnheit — ist das nichts? Nennen wir's beim Namen! Du bist im Dienste eines Herrn — vieler Herren, der Lübbenau's, der Hohenheim's, der Feldern's — ohne Lohn obendrein!

Magda. Sie übertreiben, mein Freund! War mir die Fürstin nicht wie

3

eine Mutter? Ein Engel an Herzens=
güte!

Hagen (trocken). Mag sein! Aber
hat Dich der alte Engel auch nur in sei=
nem Testamente bedacht?

Magda. Wer spricht davon? Und
wozu auch? Bei den gemüthlichen Be=
ziehungen zwischen mir und der Gräfin,
der jungen Comtesse —

Hagen. Das Gemüth dieser Damen
in Ehren! Gehörst Du zur Familie?
Darauf kommt's an!

Magda. Man rechnet mich dazu,
läßt mich's nicht merken, daß ich eine
Fremde bin —

Hagen. Du bist es doch, mein
Kind, wirst es ewig bleiben! Ein An=
hängsel, weiter nichts! Man benützt
Dich auch nur, man beutet Dich aus!
Comtesse Flora war etwa Deine Freun=
din, aber was zählte die! Und ein Ab=
stand bleibt immer, eine unendliche Kluft!
Laß mich's h.raussagen, was ich längst
auf dem Herzen habe! — Was bist Du,
der Gesellschaft gegenüber? So
eine höhere Gattung Haushälterin! Du
mußt an den jours fixes den Thee ein=
schenken, darfst zwar auch mittrinken, und
die dicke Gräfin Feldern küßt Dich auf
die Stirn und nennt Dich ihre aimable
amie, wenn Du ihr das Theebrot prä=
sentirst und die Butterschnitte — aber
hast Du nur eine der Brautjungfern vor=
stellen dürfen, wie Deine aristokratische
Freundin in einer jugendlich=populären
Anwandlung sich's anfangs ausgebeten,
später wieder bereut? Man wählte auch
ein paar hochadelige — Dämchen aus.
Wo bleibt da die Gleichheit, auf welcher
aller behaglicher Umgang, alle wahre
Geselligkeit beruht? Deine schönen Toi=
letten, Deine Spazierfahrten an der
Seite der Gräfin, die Loge im Theater,
der fürstliche Bruder, der galant das
Hinterbänkchen einnimmt und Dir in's
Ohr flüstert — das Alles gehört zur
hochgräflichen Livrée, die Du trägst —

zwar mit Anmuth trägst, auch mit einem
gewissen stolzen Selbstbewußtsein —
aber kurz — Du trägst Livrée!

Magda. Sie malen schwarz, Vor=
mund —

Hagen. Nur nach der Natur! —
Du bist zu gut für diese so genannte
gute Gesellschaft!

Magda (mit sich beschäftigt). Ich
sollte fort — Sie haben recht! Ich muß
fort — ich hatte das längst gefühlt! —
Aber wohin?

Hagen. Zu uns! Wohin sonst?

Magda. Zu Euch?

Hagen. Genirt Dich mein Karl?
Er soll sich ausquartieren —

Magda. Der edle Mensch wär's im
Stande!

Hagen. Edel? Hm! Eine Art Bra=
kenburg, nicht wahr?

Magda (sieht ihn an). Brakenburg?

Hagen. Nun ja! Dem Andern ge=
genüber, der nicht wenig vom Egmont
hat!

Magda (fährt auf). Bin ich sein
Klärchen?

Hagen. Ich behaupte das nicht

Magda. Wer sonst?

Hagen (trocken). Die Welt viel=
leicht! Man meint, daß der Fürst Dir
den Hof macht — daß er in Dich ver=
liebt ist!

Magda. Verliebt —

Hagen. Erschreckt Dich das Wort?
Wie erst die Gräfin, die vor lauter
Scharfsinn nicht sieht, was ihr vor Au=
gen liegt — wenn sie's aber plötzlich
gewahren sollte —

Magda. Die Gräfin? Was soll sie
gewahren?

Hagen (nach kleiner Pause). Nimm
Dich vor dem alten Feldern in Acht!

Magda. Vor dem Schwiegervater
Flora's? Warum?

Hagen. Er war in seiner Jugend
ein Lovelace, geht noch immer Aben=

teuern nach und spürt die Anderer nicht ungern aus —

Magda. Sie sprechen in Räthseln! Wie paßt das Alles auf mich?

Hagen (ergreift ihre Hand). Magdalene! Du hast das reinste Herz, dabei den schärfsten Verstand! Aber Du befindest Dich in einer falschen Stellung. Ich muß Dir die Augen öffnen — es ist Freundespflicht! (läßt ihre Hand los.) Man hält Dich für die Geliebte des Fürsten —

Magda. Mein Gott —

Hagen. Der alte Feldern erzählte dies und jenes im Kavalier-Casino, was er mit Augen sah, wie er behauptet, — die Welt glaubt ähnliche Histörchen so gern, der Ruf sitzt wohl noch zu, schmückt aus —

Magda. Abscheulich! — Gut, gut! Ich ziehe zu Euch!

Hagen. Unser Karl soll nicht ausquartieren?

Magda. Nein!

Hagen. Und wenn man Dich dann für — seine Geliebte hält?

Magda (aufgeregt). Wird das seinem Rufe als Abgeordneter schaden?

Hagen. Denken wir an uns? Nur an Dich!

Magda. Nun, an mir ist nichts mehr zu verderben! Wenn ich im Munde der Leute bin — sei's!

Hagen. So bitter, mein Kind? — Du liebst den Fürsten!

Magda. Weil er mich umgarnt, umstrickt, verfolgt? — Bei Gott, mein Freund, ich war unbefangen, ihm gegenüber! Bis zu einem Tag, zu einer Stunde — seitdem weiß ich's!

Hagen. Was weißt Du?

Magda. Gleich viel! Ich will fort, will ihn nie wieder sehen! Retten Sie mich, mein Freund! Schützen Sie mich! Vor ihm! Vor mir selbst!

Hagen. Das will ich auch! Ich bringe Dich zu meiner Frau — es bleibt dabei! —Da drinnen rührt sich's —

Deine Augen sind roth! Hauche in's Tuch —

Magda. Kommen Sie heute Abends zu mir, auf mein Zimmer, sagen Sie der Gräfin nichts — wir besprechen erst den Plan —

Hagen. Du bist aufgeregt, — fasse Dich —

Magda. Sie glauben an das Gerücht?

Hagen. Ich glaube, daß Du rein bist wie das Sonnenlicht!

Magda (ohne auf ihn zu hören). Ein Stadtgespräch also! So weit ist es gekommen! Ich gelte für die Geliebte des Fürsten, für ein niedriges, verworfenes Geschöpf — und ohne meine Schuld, Gott sieht mein Herz, ohne meine Schuld! — Was hilft's? Schuldig oder nicht! Die Welt hat ihr verdammendes Urtheil über mich ausgesprochen — und wenn ich fliehe, wohin? Wohin vor mir selbst? — Ach, mein Freund! Mein Leben ist für immer verdorben, zerstört, vernichtet — (ab in ihr Zimmer).

Sechste Scene.

Hagen (allein). Dann Marie.

Hagen. Armes Kind! Sie liebt ihn — ohne es zu wissen! — Und kann er sie zur Fürstin machen? Unsinn! Wird er's wollen? Würde es die Gesellschaft erlauben? Thöricht daran zu denken! — Weine Dich aus, armes Geschöpf, und fange ein neues Leben an.

Marie (kommt heraus). Der Herr Doktor! Was bringen Sie Gutes?

Hagen (zieht Papiere hervor). Die Dokumente, Frau Gräfin — auch eine Abschrift von dem bewußten Codicill —

Marie. Geschwinde, geben Sie her! — Magda nicht hier?

Hagen. Sie ging eben hinein.

Marie. Wir wollen das liebe Kind verheiraten! Ich will sie ausstatten, wie eine zweite Tochter! — Was meinen Sie, Doktor?

3*

Hagen. Meine Meinung ist, daß die bürgerliche Magdalene Werner nicht unter die weiblichen Wesen gehört, die sich so auf Kommando verheiraten lassen —

Marie. Wer spricht von Kommando? Wenn sich aber ein Mann fände, den sie achtet, hochschätzt — der sie vielleicht im Stillen liebt, mein Freund?

Hagen (trocken). Gibt es einen solchen?

Marie. Weiß ich's, lieber Doktor? — Wenn Sie mich vielleicht darüber aufklären wollten —

Hagen. Ich?

Marie. Da ist ein gewisser Karl Hagen, ein radikaler Wühler —

Hagen. Ach der!

Marie. Und da auch sein Vater unlängst mit so viel Eifer für das reizende Kind plaidirte —

Hagen. Für die arme Waise, Frau Gräfin! Das schließt jede Neben-Absicht aus. Wer um eine Braut werben wollte, für einen gewissen dritten, wie Sie zu vermuthen scheinen — um eine solche Braut — der fängt gewiß nicht damit an, sich nach der Aussteuer zu erkundigen. — Aber ich bin beruhigt über das Schicksal meiner Clientin — es liegt in den besten Händen. (empfiehlt sich, ab).

Siebente Scene.
Marie allein. Dann Magdalene.

Marie. Bin ich zu scharf aufgetreten? — Wie empfindlich sind doch diese Volksmänner! — Der junge Mann ist in sie verliebt, ich bleibe dabei! Und wenn sie selber klug ist — oder hat sie ihm den Laufpaß gegeben? Die Thörin wär's im Stande! Das wäre mir — (ruft gegen die Seitenthür) Magda! Wo steckst Du denn?

Magda (kommt heraus). Da bin ich, Gräfin —

Marie. Du hast mich nicht erwartet?

Magda. Verzeihen Sie, Frau Gräfin —

Marie. Wir sind unter uns! Nenne mich Marie! (setzt sich). Doktor Hagen war hier, — Du hast ihn gesprochen?

Magda. Ja —

Marie. Wenn Du vielleicht die Equipage brauchst —

Magda. Ich? Die Equipage!

Marie. Nun ja! Wolltest Du nicht Frau Hagen besuchen?

Magda. Das hat Zeit — ein andermal —

Marie (sieht sie an). Du stehst blaß — hast verweinte Augen —

Magda. Meine Migraine — Sie wissen ja —

Marie (nach kleiner Pause). Aufrichtig! Ihr seid auseinander, habt wol gar gestritten? Du und der junge Hagen!

Magda. Wir? Im Gegentheil! Wir sind die besten Freunde —

Marie. Wenn das ist — der junge Mann nimmt auch Antheil an Dir —

Magda. Ich weiß —

Marie. Einen wahren Herzens-Antheil!

Magda. Herzens —?

Marie. Ist Dir's entgangen? Mir nicht! — Die Partie wäre jedenfalls wünschenswerth — der Bruder steht das auch so an — wir besprachen es eben. Ich weiß nicht, wie Du darüber denkst —

Magda. Wahrhaftig, Gräfin Marie, ich hatte nie einen derlei Gedanken —

Marie. Mit Deinen vollen zweiundzwanzig Jahren? (Da Magda nicht antwortet). Du bist heute zerstreut! Was beschäftigt Dich insgeheim?

Magda. Mich? (versteckt). Ich denke an unser Hohenheim —

Marie. An die Neuvermählten?

Magda (tritt näher). Die liebe Flora, ja! — Sie erinnern sich, ich riet Ihnen damals, die Heirat zu verschieben, dem armen Kinde Zeit zu gönnen, sich zu fassen —

Marie. Was war da zu fassen?
Magda. Ich hatte es Ihnen bis jetzt verschwiegen — aber Flora hat mir ein Geständniß gemacht, noch in den letzten Tagen vor ihrer Trauung —
Marie. Ein Geheimniß? Ja so! — Und wenn ich es erriethe? es längst errathen hätte?
Magda. Unmöglich, Gräfin —
Marie (lächelnd). Doch vielleicht! (steht auf). Kurz, die Kleine liebte anderswo — oder bildete sich's ein! — Einen nicht mehr ganz jungen Mann, wie? Ist es das?
Magda (betroffen). Sie glauben? Sie wissen —?
Marie. Eine Mutter hat Augen! (ergreift ihre Hand). Auch eine Schwester —
Magda (ungewiß, erschrocken). Eine Schwester?
Marie. Du hörst, daß ich's weiß, Alles weiß!
Magda (ängstlich). Alles?
Marie. Sie schwärmte von jeher für ihren Onkel Robert! Das ist's. — Oder nicht? — Ohne Sorge, mein Kind! Alle jungen Mädchen schwärmen für die reifen Männer — und heiraten die unreifen!
Magda. Und wenn zuletzt eine unglückliche Ehe daraus würde?
Marie. Meinst Du wirklich? — Aber das wollen wir bald erfahren! (sie klingelt).

Achte Scene.

Vorige. Kammerdiener.

Marie. Wann geht der nächste Zug nach Hohenheim?
Kammerd. Schlag vier Uhr, Excellenz.
Marie (steht nach der Uhr auf dem Kamin). Da ist es noch Zeit! — In meinem Schlafzimmer liegt ein gesiegelter Brief, auch ein Kästchen dabei —
Kammerd. (geht hinein).

Magda. Sie haben Flora geschrieben? Sie senden hinaus?
Marie. Die alte Feldern liegt mir immer in den Ohren, ihres Arthur wegen!
Kammerd. (kommt zurück).
Marie. Haben Sie Alles? Sie fahren mit dem Zuge, bringen der jungen Gräfin Feldern diesen Brief — nehmen Sie das Kästchen in Acht, sind Schmucksachen darin. Sagen Sie der Gräfin, sie soll meinen Brief gleich beantworten, hören Sie? Gleich! Morgen kommen Sie zurück.
Magda. Sagen Sie der Comtesse tausend Grüße von mir, François!
Marie (rasch.) Willst Du ihn begleiten?
Magda (rasch.) Wenn ich's dürfte!
Marie. Wenn Du's willst —
Magda. Mit tausend Freuden!
Marie. Warum dacht' ich nicht früher daran! Du nimmst Deine Jungfer mit. — Sie fahren mit dem Fräulein nach dem Bahnhof, der Kutscher soll anspannen — (Kammerdiener ab.) Jetzt laß Dir schnell zu essen geben, ich besorge inzwischen Dein Gepäck. (geht, kehrt zurück.) Vergiß den jungen Hagen nicht! Denke in Hohenheim darüber nach! (ab, zweite Thür links.)

Neunte Scene.

Magdalene (allein, dann) Fürst.

Magda. (allein.) Nach Hohenheim also! Fort von hier! Nun wird Alles gut — (will fort.)
Fürst (kommt heraus.) Sind Sie allein?
Magda. Fürst Robert —
Fürst. Wie befinden Sie sich, Fräulein Magda? Haben wohl geruht? Ein schöner Tag heute, etwas Wolken am Himmel! Waren gestern in der Oper? Tristan und Isolde! Gut unterhalten, ja?

Magda. Durchlaucht sind heute be-
sonders aufgeräumt —
Fürst. Ich handle nur nach meiner
Instruction, spreche von gleichgiltigen
Dingen —
Magda. Wofür ich Ihnen äußerst
dankbar bin! (will fort.)
Fürst. Bitte einen Augenblick!
Magda. Um Vergebung! die Gräfin
erwartet mich und ich habe Eile —
Fürst. Eile mit Weile, mein stolzes
Fräulein! — Wissen Sie was Neues?
Ihr Leinenkleid ist weder zertrennt noch
zerschnitten — ich habe das von Ihrer
Kammerjungfer! Sie wollen das arme
Kleidchen, worin Sie mir zum ersten
Mal entgegen traten, nicht wieder tragen?
Warum? Weil ich Sie darum gebeten
hatte? Der Tyrann?
Magda. Es ist nicht edel, Fürst,
sich an ein Kammermädchen zu wenden,
um die Ursache irgend einer weiblichen
Laune zu erforschen —
Fürst. Es ist auch nicht edel, mich
anzulügen, Fräulein, sich zu verstellen!
— Und wenn mir nun an Ihren Launen
gelegen wäre? An Ihnen überhaupt?
Oder zweifeln Sie daran?
Magda. Ich hatte Ursache, den
Fürsten von Lübbenau, trotz seiner hohen
Stellung, bisher für meinen Freund zu
halten —
Fürst. Der bin ich auch! Aber was
ist das für ein Freund, der Ihnen nur
Gleichgiltiges vorschwatzen soll? — Sind
Sie mir gleichgiltig? Sie wissen längst
das Gegentheil! Bin ich's Ihnen? Die
Hand auf's Herz! Eben so wenig! Ich
sage das ohne Eitelkeit —
Magda. Und ich bin nicht unbe-
scheiden, wenn ich mir die Befähigung
zutraue, den Umgang und die Unterhal-
tung eines bedeutenden Mannes würdigen
zu können —
Fürst. Sie schmeicheln mir? Wo
will das hinaus?
Magda. Bleiben Sie derselbe, der
Sie waren, bester Fürst, als Sie der
Gräfin und mir den reichen Schatz Ihrer
Erfahrungen aufschlossen, Ihrer Erleb-
niß.! Ir Gespräch erhob uns wohl
auch in die höheren Kreise des socialen
Lebens, der Politik, der Religion — und
wenn ich Ihre Anschauungen nicht immer
theilen konnte —
Fürst. So widersprachen Sie mir
bisweilen — und mit ziemlicher Leb-
haftigkeit! Ich mag das nicht ungern.
Und wer widerspricht, der spricht doch!
Aber plötzlich wurden Sie schweigsam,
scheu, zurückhaltend — ich weiß noch den
Moment —
Magda. (lebhaft.) Auch ich! Noch
werd' ich ihn je vergessen!
Fürst. War's denn gar so entsetzlich? — Sie meinen doch damals —
auf dem Morgenspaziergang — Flora
war dabei — da war's, wo ich mich ein
klein wenig vergaß, wo ich —
Magda. Genug! — Lassen wir die
Geschichte —
Fürst. Lassen wir's also! — Wollen
Sie mir einen Gefallen erweisen? —
Ich weiß, Sie sind die Freundin des
jungen Doctor Hagen, des Führers der
Linken, die es noch immer für zeitgemäß
hält, auch den liberal denkenden Staats-
minister zu verfolgen, wie früher seinen
reactionären Vorgänger! Die Herren sollten das Manöver aufgeben, da ich wirklich vorhabe, mein Ministerium aufzu-
frischen. Wir brauchen Arbeiter, Fach-
männer! Wenn also Doktor Hagen junior den Posten eines Staatssecretärs im
Justiz Ministerium annehmen wollte —
Magda. Verzeihen Sie, Fürst!
Ich mische mich ungern in Politik —
Fürst. Sie wollen Ihren jungen
Freund nicht poussiren? Sie haben Unrecht! Lassen wir's also! (geht auf und
ab, bleibt stehen.) Ich soll die Scene im
Walde nicht erwähnen? (tritt zu ihr.)
Sie waren damals reizender als je!
Frisch wie der Junius-Morgen! Da
übermannte mich's, und wie ich Ihnen
den Arm reichte, in der Wald-Einsamkeit,

— 23 —

um Sie über eine sumpfige Stelle zu führen, da entschlüpfte mir das unglückselige Wort —
Magda. Lassen wir's —
Fürst. Ma pétite chatte! — Was ist da Sträfliches? So sagt auch der Pariser bourgeois zu seiner Frau!
Magda. (ohne Schärfe.) Aber nicht der Freund zu seiner Freundin!
Fürst (besinnt sich.) Sie haben vielleicht recht. Allein der Augenblick riß mich hin, eine zu warme Empfindung! — Und das Wort hatte Sie verletzt?
Magda. Aus Ihrem Munde, ja! — Dein Freund achtet dich nicht — er mißachtet dich! — Verzeihen Sie, Fürst Robert! Aber der Gedanke ist es, der mich seitdem verfolgt —
Fürst. Sie haben recht! Tausendmal recht! Ich begnügte mich nicht mit Ihrem Wohlwollen, mit Ihrem Vertrauen — das ich besaß. Oder nicht? — Magdalene! So kann es, so darf es nicht bleiben zwischen uns! Wir müssen uns aussprechen gegen einander. — Die Schwester hat heute Abend die Feldern's zum Thee. Sie wissen, wie zuwider mir die Leute sind! Ich bleibe also unsichtbar. Aber darf ich während der Whistpartie ein wenig auf Ihr Zimmer kommen?
Magda. (besinnt sich.) Kommen Sie lieber nicht, Fürst Robert!
Fürst (wie verletzt). Nicht? Und warum nicht? Sind Sie furchtsam? Sind Sie prüde? Nur gegen mich? Gegen Andere nicht? Dieser Demokrat, dieser Hagen geht ja so vertraulich mit Ihnen um —
Magda. Dieser Hagen, bester Fürst, ist meines Gleichen und mein wahrer Freund!
Fürst. Das heißt, ich bin der falsche? So eine Art böser Golo? — Bin ich Ihnen gefährlich? Oder ist's Koketterie? Doch nein, kokett sind Sie nicht! Was sind Sie also?
Magda. Mein Gott! eine arme Waise und die Pflegetochter Ihrer Mutter, Fürst Lübbenau!
Fürst (fährt auf). Immer meine Stellung! Sie sind prüde, Sie sind kokett, Sie sind kalt, Sie sind unausstehlich, Sie sind —
Magda (ebenso). Und was noch, Herr Fürst? Eine Unglückliche, auf die die Leute mit Fingern deuten!
Fürst (betroffen). Auf Sie?
Magda. Fragen Sie den Grafen —
Fürst. Feldern? — Was ich immer ahnte! Er hat über Sie geschwatzt? Ueber uns beide?
Magda. Er hat mich verleumdet!
Fürst. Ich ziehe ihn zur Rechenschaft —
Magda. Wollen Sie Uebel ärger machen? — Kein Wort darüber, ich bitte, ich beschwöre Sie! Aber mein Entschluß ist gefaßt! Ich scheide aus diesem Hause —
Fürst. Magda, um's Himmelswillen —
Magda. Ich scheide für immer — meine Ehre verlangt das —
Fürst. Liebe, theure Magda, hören Sie mich an —

Zehnte Scene.
Vorige. Kammerdiener.

Fürst. Der Wagen, Fräulein —
Magda. Im Augenblick! Ich sehe nur zur Gräfin. — Sie erlauben, Durchlaucht — (geht hinein).
Fürst. Was soll das heißen? — Wohin fährt sie?
Kammerd. Nach Hohenheim, Durchlaucht! Die Jungfer und ich haben den Befehl, das Fräulein zu begleiten. (Mitte ab).

Eilfte Scene.
Fürst allein. Dann Marie und Magdalene.

Fürst (allein). Magda! Sie will fort! Und gerade jetzt —

Marie (tritt mit Magdalene ein). Du bringst mir also Nachricht — vielleicht, daß die Kinder sich entschließen, mit Dir zurückzukehren —
Fürst (eilt auf Magda zu) Sie verlassen uns, Magda?
Marie. Sie geht zu den jungen Leuten nur auf ein paar Tage —
Fürst. Ein paar Tage!
(Ein Kammermädchen mit Gepäck kommt)
Magda. Fanni! Haben Si. Alles?
Fürst. Sie verlassen uns?
Magda. Es muß!
Marie. Es ist hohe Zeit! Halte sie nicht auf! (küßt Magda auf die Stirn). Sans adieu, liebes Kind! Tausend Küsse an Flora, an Arthur! Sans adieu —
Magda. Adieu — (ab).

Zwölfte Scene.
Fürst. Marie.

Fürst (nimmt rasch den Hut).
Marie. Wohin, Bruder?
Fürst. Soll ich ihr nicht das Geleite bis zum Bahnhof —?
Marie (betroffen). Der Mamsell Werner? Wo denkst Du hin?
Fürst (besinnt sich). Du hast recht! Ich sage ihr nur adieu! — Magda! Magda! (rasch ab).
Marie (allein). Was war das? — Er nimmt Antheil an ihr? — War ich blind? — Und sie will fort? Aus seiner Nähe fort? — Nun begreif' ich! — Gut, daß sie fort ist! — Aber sie darf nicht wieder kommen —
Fürst (kommt langsam zurück, will nach seinem Zimmer).
Marie (faßt sich) Bruder, du gehst?
Fürst. Arbeiten, Du weißt ja —
Marie. Bleib' doch! Es ist gleich Zeit zu Tisch —
Fürst. Schon?
Marie. Du bist zerstreut —
Fürst. Die Geschäfte — vergib — es läuft mir durch den Kopf —
Marie (für sich). Sie beschäftigt ihn — nur sie!

Dreizehnte Scene.
Vorige. Flora.

Flora (tritt ein). Mama —
Marie (ihr entgegen). Flora! Meine Tochter! (Umarmung).
Flora. Herzens-Mama! Haben wir Dich überrascht?
Marie. Du kommst allein? Wo ist Dein Mann?
Flora. Bei seiner Mama! Aber er kommt nach! Du nimmst uns doch auf?
Marie. Mit tausend Freuden. — Ihr seid glücklich? Du bist glücklich, mein Kind?
Flora. Ueber allen Ausdruck, Mama! — Da ist auch Onkel Robert — (eilt auf ihn zu, will ihn umarmen).
Fürst. Willkommen, liebe Flora! Aber ich muß fort —
Marie. Jetzt, Bruder? — In einem solchen Augenblick? Wo Dich Deine Nichte begrüßt?
Fürst. Eben darum, beste Schwester! Hast Du's denn vergessen? Magda ist nach dem Bahnhof — (zu Flora) sie wollte nach Hohenheim — da Du aber hier bist — ich hole sie zurück —
Flora. Nicht nöthig, lieber Onkel! Ich bin der Equipage begegnet, hab' uns're liebe Magda wieder mitgebracht —
Fürst (erfreut). Sie ist also hier geblieben?
Flora. Und besorgt unser Gepäck, Mama, quartiert uns eben ein, mich und meinen Arthur —
Marie. Hier, natürlich! In den Appartements, die sie mit Dir bewohnte, als Du noch Mädchen warst. Sie kann die Nacht mit der Kammerjungfer schlafen — bis morgen machen wir Ordnung.
Fürst (fährt auf). Mit der Kammerjungfer, Schwester?
Flora (wird aufmerksam). Unsere Magda? Wie, Mama?

Marie. Was ist da Großes? Wenn die Kinder hier bleiben, ist ohnehin kein Raum für die Werner —

Fürst. Kein Raum?

Flora. Kein Raum? So? so —

Marie (hart). In meinem Hause nicht!

Fürst (fährt auf). Kein Raum für Magdalene?

Marie (fest). Nein, Fürst Lübenau! — Jetzt komm' hinein, liebes Kind und erzähle —

Flora. Da bin ich, Mama! Auf Wiedersehen, Onkel!

Marie. Weil ich Dich nur wieder habe! Nun steht Alles gut — (mit Flora l. ab).

Fürst (allein). Ist es so gemeint, Schwester? — Beherrsche Dein Haus, wie Du's gewohnt bist — Deines Bruders Herz sollst Du nicht beherrschen!
(Der Vorhang fällt.)

Dritter Akt.

(Dasselbe Boudoir.)

Erste Scene.

Flora und Marie (sitzen im Gespräch).

Flora. Du bist also zufrieden, Mamachen?

Marie. Wenn Du es mit Dir selber bist — mit Deinem Mann —

Flora. Du sahst gestern Abend, wie er mich behandelt! Wie er mich liebt!

Marie. Und Du?

Flora. Nun, ich lasse mich lieben.

Marie. Eine gewisse Phantasie ist also vorüber?

Flora. Wenn man ein Kind ist, Mama! Welche von uns, welches Mädchen, ja, welcher Mensch überhaupt hegt und pflegt nicht in der ersten Jugend gewisse ideale Träume?

Marie. Nur daß Dein Arthur Deinem Mädchen-Ideale wenig zu gleichen schien! Du hattest sogar anfangs eine gewisse Scheu vor ihm — und jetzt —

Flora. Was will man thun, Mama? Man muß sich Raison machen! — Soll ich Dir Alles sagen, wie ich's empfunden? Anfangs empörte sich mein ganzes Mädchengefühl! Das Heiraten ist eigentlich ein Akt der Barbarei! So rief es in mir. Gestern war's ein wildfremder Mensch, dem Du kaum erlaubt, Deine Fingerspitzen zu berühren — heute gehörst Du ihm an, völlig an, für's ganze Leben! Was ist da zu thun? Man betrachtet sich ihn näher, und wenn's ein erträgliches Geschöpf ist, wie, Gott Lob, mein Arthur, so dankt man dem Himmel, daß das Wagestück nicht schlimmer ausgefallen, und sucht sich's in der realen Welt und mit dem realen Mann so behaglich einzurichten als nur immer möglich! — Siehst Du, Mama! Das ist

4

nun meine philosophie de jeune femme!

Marie. Du bist also kein Kind mehr, vor dem man sich in Reserve hält —

Flora. Und doch ist mein Mamachen noch immer zurückhaltend gegen mich?

Marie. Ich? Wie so, mein Kind?

Flora. Ich kenne Dich, Mama! Es beschäftigt Dich etwas im Stillen, es martert Dich — Du hast einen geheimen Kummer!

Marie. Und der wäre?

Flora. Soll ich rathen? Wenn's Onkel Robert wäre! — Gleich bei meiner Ankunft — es war mir aufgefallen — er wollte sie vom Bahnhof abholen.

Marie (rasch). Magda! So hast Du auch bemerkt? — Was sagst Du dazu? Wenn er Ernst machen wollte!

Flora. Ein Fürst Lübbenau! Wo denkst Du hin?

Marie. Ein Fürst ist auch ein Mensch! Genug wenn er sie liebt, sich's in den Kopf setzt! Du kennst Deinen Onkel nicht! Seinen starren, unbeugsamen Willen!

Flora. Magda seine Geliebte! — seine — — unmöglich, Mama! Sie ist ein sittsames Mädchen! Auch viel zu stolz —

Marie. Der Glanz ist zu lockend! Wer weiß!

Flora. Was für Glanz? Seine Favorite zu heißen?

Marie. Wenn's weiter nichts wäre!

Flora. Was denn weiter?

Marie. Wie, wenn er sie zur Fürstin machen wollte?

Flora (empört). Aber das ist ja nicht zu denken!

Marie. Warum? Man hat Beispiele —

Flora. Für Magda steh' ich! Die würde uns den Tort nicht anthun! Und ein solcher Schritt! Was würde die Familie dazu sagen! Der Adel überhaupt, die Gesellschaft! Und der Hof! Die neueste hohe Stellung des Onkels — und eine solche Heirat! Wie kann meine kluge Mama das nur für möglich halten?

Marie. Du hast vielleicht recht — aber Du siehst wie's mich quält —

Flora. Ließ er denn ein Wort dergleichen fallen?

Marie. Er nannte ihren Namen nicht wieder — aber er geht mir aus dem Wege —

Flora (resolut). Sie muß aus dem Hause fort, ihm aus den Augen!

Marie. Wo möglich für immer! Das war mein erster Gedanke.

Flora. Eine Heirat wäre vielleicht das Beste, sie soll gleichfalls in das Land der Barbarei! Aber wo finden wir gleich einen Mann für die kostbare Magda!

Marie. Er ist gefunden —

Flora. Sie ist gestern Abends zu den Hagen's übersiedelt! Der junge Hagen also?

Marie. Errathen!

Flora (klatscht in die Hände). Vortrefflich! Nun wird Alles gut! Mein Herr Onkel soll das Nachseh'n haben —

Marie. Vorausgesetzt, daß sie ihn nimmt —

Flora. Sie muß ihn nehmen! Er muß sie nehmen! Laß' mich nur machen, Mama! Ich will beiden Theilen einheizen —

Zweite Scene.

Vorige. Graf Feldern.

Graf. Guten Tag! Meine Lyzel grüßt —

Flora. Wo ist mein Arthur, Papa?

Graf. Beim Kriegsminister —

Flora. Sein Urlaub wird verlängert?

Graf. Vermuthlich, ich weiß nicht — Robert ist zu Hause?

Marie. Er arbeitet —

Graf. Er fehlte gestern Abends bei der häuslichen Whist-Partie —

Marie. Das geschieht jetzt häufig —
Graf. Trotz der Ankunft der Kin=
der? — Wissen Sie, daß er im Casino
war?
Marie. So?
Graf. Unsere jungen Leute fühlten
sich geehrt durch den Besuch des Herrn
Staatsministers — aber es war doch
von diesem und jenem die Rede —
Flora. Wovon denn, Schwieger=
papa?
Graf. Wovon schwatzen diese Bur=
sche, mein schönes Töchterchen? Von
Pferden, von Hunden, von — und sie
mischten auch meinen Namen bei! Was
mir gar nicht lieb ist —
Flora. Sie haben etwas angestellt,
Papa?
Graf. Was sollt' ich? — (zu Ma=
rie.) Zu Hause also? Er frug nicht nach
mir?
Flora. Doch, Papa! Ich hörte,
wie der Onkel seinem Jäger den Auf=
trag gab —
Graf. Mich aufzusuchen! Nun, da
bin ich —
Marie. Da kommt der Bruder!
Graf (ängstlich). Ja? Bleibt da,
Kinder, bleibt da —

Dritte Scene.
Vorige. Fürst.

Fürst (mit dem Hut aus seinem
Zimmer, im Auftreten zum Jäger). An=
spannen! Der Wagen soll warten —
Da ist ja der Herr Graf!
Graf. Bon jour, Bruder — (will
ihm die Hand reichen).
Fürst (geht an ihm vorüber). Gut
geschlafen, Nichtchen?
Flora. Wir sahen uns ja schon
beim Frühstück!
Fürst. Pardon! Ich vergaß. — Ihr
erlaubt mir zwei Worte mit dem Herrn?
Marie. Komm', Flora —
Flora (im Abgehn zu Marie). Das
geht die Mamsell an! Ich wette Mama.,
(Beide zur Seite ab.)

Vierte Scene.
Graf. Fürst.

Graf. Du willst mich sprechen?
Fürst (der auf und ab ging, tritt zu
ihm, kurz). Ja.
Graf (betroffen über seinen Ton).
Was ist Dir also gefällig, lieber Ro=
bert?
Fürst. Das sollst Du gleich hören—
Graf (versucht zu scherzen). Du
willst mir doch kein Portefeuille an=
bieten?
Fürst (fixirt ihn). Warum nicht?
Das der Klatschereien etwa!
Graf. Klatschereien?
Fürst. Was hast Du im Casino er=
zählt?
Graf. Ich? Im Casino? Wann?
Wem? Was soll ich —?
Fürst. Du hast über mich gesprochen,
wiederholt gesprochen —
Graf. Was willst Du, Robert?
Wir sprechen immer von Dir! Wer
spricht nicht von Dir! Du bist ja
der Mann des Tages —
Fürst. Und leider über Hals und
Kopf beschäftigt! Darum hab' ich keine
Zeit, Dir den Hals zu brechen —
Graf. Mir? Den Hals? Höre,
Lübbenau —
Fürst. Auch bist Du der Schwie=
gervater meiner Nichte und hast einen
braven Sohn! Du selber bist ein alter
Bonvivant und ein Klatschbruder!
Graf. Höre, Bruder —
Fürst. Sprich nicht so laut! Man
soll Deine Schande nicht erfahren. —
Du hast den jungen Leuten im Casino
von mir und dem Fräulein erzählt —
Graf. Was für Fräulein?
Fürst. Du hast merken lassen, an=
gedeutet, nein, g'radezu behauptet, daß
ich mit ihr in einer Art Verhältniß —
Graf. Aufrichtig, Bruder! Du
nimmst Dich zu wenig in Acht. Du
thust immer so vertraulich mit der schö=
nen Madeleine —

4*

Fürst. Wenn ich mit einem unbescholtenen Mädchen spreche, ist das ein Verhältniß? Wenn Du eine Vertraulichkeit in einem Hause, mit dem Du so eng verbunden bist, zufällig gewahrst, mußt Du das an die große Glocke hängen?

Graf. Es war vielleicht gefehlt, nun seh' ich's ein —

Fürst. Wie willst Du's gutmachen? Du hast das arme Kind in's Gerede gebracht! Sie ist aus dem Hause fort — Deinetwegen!

Graf. Was soll ich thun? Ich will im Casino öffentlich erklären, daß ich mich getäuscht habe, daß kein wahres Wort an dem ganzen Verhältniß —

Fürst. Sei so gut, in Zukunft den Mund zu halten, das wird das Beste sein! (Geht auf und ab.)

Graf (folgt ihm), Ich will ja Alles thun, Bruder, Alles laffen, nur daß Du mir nicht zürnst —

Fürst. Und gerade das Mädchen! Eine Ausnahme von Allen! Und Du verläumdest sie! Handelt so ein Kavalier? Wahrhaftig, Ihr vom ancien regime seid es, die den Adel in Mißkredit bringen! Ist's ein Wunder, wenn alle Welt gegen uns deklamirt?

Graf. Diese Zeitungsschreiber —

Fürst. Der Tadel hat leider einigen Grund! Wenn Ihr leichtsinnig wart, lüderlich, verschuldet, unwissend, zu Geschäften unbrauchbar, der Schrecken Eurer Bauern, von Euren Rentmeistern betrogen, in den Händen der Juden — was ist daran zu loben?

Graf. Nein, Du machst uns auch gar zu schlecht, Bruder!

Fürst. Ihr seid vorüber! Zum Glück, daß jetzt ein neues, ein besseres Geschlecht heranwächst —

Graf. Männer wie Du! Man weiß ja! Hoch unser Fürst Lübbenau! Wären nur Viele Deines Gleichen! Aber auch ich will mich bessern, Bruder —

Fürst. Ich brauche weder Deine Lobsprüche, noch erwart' ich mir viel von Deiner Besserung! Aber ich will mich Deines Sohnes annehmen. Wir wollen ihn hier behalten, für seine weit're Ausbildung Sorge tragen. — Geh' jetzt!

Graf. Du hast mir verziehen, Bruder?

Fürst. Ein's noch! Du wirst Fräulein Magdalene Werner, sobald ich es verlange, in meiner Gegenwart und der ganzen Familie um Vergebung bitten —

Graf. Mit tausend Freuden! Ich thu' ja Alles, was Du befiehlst — Bruder, Du hast mich gerührt! Ich bin freilich zu alt, um ein neues Leben anzufangen — aber Du hast mich gerührt!

Fürst. Schon gut! Geh' nur —

Graf. Wenn Du mich brauchen kannst — zu was immer — ich bin mit Leib und Seele Dein! — Wir sind schlecht erzogen, haben nichts Rechtes gelernt — das war unser Unglück! Nun, mein Sohn soll's gut machen, statt meiner! — Du hast mich gerührt, Bruder, wahrhaftig gerührt — (ab).

Fünfte Scene.
Fürst allein. Dann Marie.

Fürst. Ich habe mich warm gesprochen — in eine gewisse Stimmung — das wollt' ich! — Was will ich eigentlich? — Vorurtheile bekämpfen? — Warum? Wozu? — Bin ich nicht mein eigener Herr? Das Haupt der ganzen Familie? Was gehen mich die Andern an und ihre Vorurtheile? Wenn ich sage: Das will ich! so gilt es, muß es gelten! — Und doch Rücksichten? Und doch ein Kampf? Gegen wen? — Vielleicht gegen mich selbst! Wie stark wir sein mögen, wie einig mit uns selbst, wie frei wir uns dünken, wir bleiben doch abhängig! Der Mensch wie der Baum gehört seinem Boden an, wird nicht ohne Gefahr verfetzt — und mein Boden ift und bleibt die Gefellfchaft!

Marie (kommt). Ift's erlaubt?

Fürft. Immer zu!

Marie Was hatteft Du mit dem Feldern? Der rohe Menfch macht Dir Verdruß?

Fürft. Er — und fo Mancher noch!

Marie. In der Kammer? Im Minifterrath?

Fürft (wifcht fich die Stirn). Und fonft —

Marie (tritt zu ihm). Du bift erfchöpft, lieber Bruder! Du haft die Zeit her viel gearbeitet —

Fürft. Dafür find wir auf der Welt! Zu Müh' und Plage. Wir find Sklaven — aber zu Haufe, in der Familie, da will ich Ruhe haben, Frieden — womöglich ein Bischen Freude!

Marie. Was an uns liegt — wir leben ja nur in Dir, für Dich, durch Dich!

Fürft. Wirklich? Und doch — wer kümmert fich eigentlich um mich? Um mein Selbft? Keines von Euch! Ja um den Fürften, um den Minifter! Ihr fonnt Euch in feinem Glanz — aber die Hand auf's Herz! Was gilt Euch der Menfch?

Marie. Bruder —

Fürft. Laffen wir's! — Du fragft, was ich mit Feldern hatte? — Weißt Du's denn, daß er das arme Mädchen verläumdet hat, fie im Cafino für meine Geliebte ausgegeben?

Marie. Wenn fie's nur nicht ift —

Fürft. Sie wird's auch nicht werden —

Marie. Wir wollen's hoffen!

Fürft. Kaum zu beforgen! Bei der ängftlichen Sorgfalt meiner Schwefter, mit der fie den bewunderten Bruder hütet — aber wir find dem Mädchen eine Ehrenrettung fchuldig —

Marie. Der Graf! Nun ja —

Fürft. Nein, auch der Fürft!

Marie. Bruder, Bruder —

Fürft. Was foll der Jammerton? Für wen haltet ihr mich? Ich bin der Minifter eines großen Staates und für eine geraume Zeit gehör' ich nicht mir an, fondern den Gefchäften, meinen fauren Pflichten — doch kommt wohl ein Tag, eine Stunde, wo ich ein wenig an mich felber denken darf!

Marie. Ich denke, die Lübbenau's vergeffen fich nie — dürfen fich nie vergeffen!

Fürft. Was nennft Du, fich vergeffen? Wär' ich der erfte Fürft, der ein Bürgermädchen liebt?

Marie. Sie ift wohl zu gut für eine fürftliche Phantafie!

Fürft. Davon hab' ich mich überzeugt —

Marie. Nun alfo —

Fürft. Und ihr rothes frifches Blut wiegt unfer blaues auf!

Marie (fixirt ihn). Das foll heißen?

Fürft. Wär' ich der erfte Fürft, der ein Bürgermädchen heirathet?

Marie (hält an fich). Jedenfalls der, dem man einen folchen Schritt nie verzeihen würde!

Fürft. Warum? Dürfen wir nicht glücklich fein? Eine Bürgerliche! Was weiter? Ich denke, ich habe Adel genug für uns Beide!

Marie. Bruder — — Doch was foll ich mich ereifern? Es kann nicht — ift nicht, wird nicht! Du, unfere Freude unfer Stolz — nein, mein Stolz, Du, für den ich einzig athme und bin! für fein Emporkommen, feine Größe! Und jetzt, gerade jetzt! Ein ganzes Reich blickt auf ihn, erwartet fich fein Heil von ihm, und er —

Fürft. Bleibt mir vom Leibe! Ob der Peter Minifter wird, oder der Paul! So gut wie ich, trifft's ein Anderer auch! — Und kann ich den Staat nicht lenken, wenn ich heirathe?

Marie. Aber eine solche Heirath —

Fürst. Eine solche! Was fehlt ihr? Die Geburt!

Marie. Jedenfalls würde ihr eine Schwägerin fehlen! Und Dir — die Schwester!

Fürst. Du sagst Dich los von mir?

Marie. Nein — von dem Bruder nicht! Nur von dem Gemal einer Werner! Meine Tochter denkt ebenso —

Fürst. So? Ihr wollt mich bevormunden? Du und Dein hochmüthiges Töchterlein! Nehmt Euch in Acht! Das wäre der Weg, den stolzen Fürsten gerade zu dem Schritte zu bewegen, von dem Ihr ihn abhalten wollt! Ich warne Euch also. Greift nicht in die rollenden Räder, sie würden Euch zermalmen! Was ich immer vorhabe, entzieht sich Eurer Aufsicht, Eurem Urtheil, Euern Beschlüssen! Was geschehen soll, geschehen wird, ist zwischen mir und ihr! Das nur wollt' ich sagen, Schwester Marie! (nimmt den Hut). Und nun kein Wort mehr darüber —

Sechste Scene.
Vorige. Flora.

Flora. Sie gehen, Onkel? Ich störe also nicht —

Fürst. Sage Deinem Manne, daß er dem Generalstab zugetheilt wird —

Flora. Wirklich, Onkel? Also in keine polnische Garnison! Wir bleiben hier? Wie soll ich Dir danken?

Fürst. Mahne ihn, brav und fleißig zu sein, halte Deinen Mann in Ordnung — mehr verlang' ich nicht!

Flora. Daran soll's nicht fehlen!

Fürst. Also adieu!

Marie. Bruder —

Fürst. Was soll's?

Marie. Du reichst mir nicht die Hand?

Fürst (tritt zu ihr). Du behauptest, daß Du mich liebst, Marie — ich will's glauben, aber gib mir Beweise Deines schwesterlichen Herzens! In diesem Augenblick fließen vielleicht Thränen um mich — hilf mir sie trocknen, Schwester Marie! hilf mir sie trocknen — mach', daß ich die Schwester nicht verliere! (entfernt sich langsam).

Flora. Mama — (tritt zu ihr).

Marie (wischt die Augen). Du siehst wie er sie liebt!

Flora (für sich). Die Mama wird schwach — da gilt es die Zügel in die Hand zu nehmen!

Kammerdiener (ist gekommen), (meldet) Doktor Hagen und — (hält inne).

Fürst (hält im Gehen inne). Magda! — Soll sie vor der Thüre bleiben?

Maria (winkt dem Kammerdiener, welcher abgeht).

Siebente Scene.
Vorige. Hagen. Magdalene.

Hagen. Frau Gräfin — Durchlaucht —

Fürst. Willkommen, lieber Doktor! Sie bringen unsern Flüchtling zurück?

Flora (eilt auf Magda zu). Wir haben Dich vertrieben, mein Mann und ich! Du verzeihst mir's?

Magda. Du bist in Deinem väterlichen Hause, Dir, der Tochter, gebührt der Platz, den die Gesellschafterin nur vorläufig eingenommen, so lange sie hier nützlich sein konnte. Auch hatte ich ja längst im Sinne —

Fürst. Uns zu verlassen doch nicht?

Magda. Verzeihen Sie, Durchlaucht! — Wollen Sie mir Gehör geben, Gräfin Marie?

Fürst. Sie wollen uns wirklich verlassen? Und für immer?

Flora. Nur bis wir wieder aus dem

Haufe find, Onkel! (zu Magda).
Gelt?

Magda. Vergib, Flora! Doch da Frau Hagen mir ein Asyl anbietet — Fürst. Ein bleibendes Asyl? — Wenn das ist und wenn Sie sich nicht länger bei uns gefallen — nun, wir dürfen Sie nicht halten! Allein Sie sind keine gewöhnliche Demoiselle de compagnie, die uns aufsagt, die man entläßt, auf nimmer wieder sehen — Sie sind eine Freundin der Familie Lubbenau = Hohenheim! Nicht wahr, Schwester?

Flora. Der Onkel hat ganz recht! Du darfst nicht mit einem Mal verschwinden — was würde die Welt sagen? Auch müssen wir Deine Zukunft besprechen, da Du das Vermächtniß meiner Großmutter bist! Das geschieht am Besten en famille. Nicht wahr, Onkel?

Fürst. Wie sorgt man für eine Freundin, die Jahre lang Wohl und Wehe mit uns getheilt?

Flora. Praktisch, lieber Onkel! Indem man sie aussteuert! Nicht wahr, Doktor?

Hagen (trocken). Was weiß ich, Comtesse!

Flora (halblaut zum Fürsten). Merkst Du nichts, Onkel? Sie wohnt jetzt bei den Hagen's! Nun, wenn man zu Vater und Mutter zieht, so gibt man pantomimisch zu verstehen, daß man dem Sohn nicht abgeneigt ist! Comprenez-vous?

Hagen (für sich). O Du kleine Schlange! Wie sie zischt!

Fürst (nach einer Pause). Ihr gebt ja mit Nächstem eine Gesellschaft?

Flora. Morgen, Onkel Robert! Uns jungen Eheleuten zu Ehren — auch Dir zu Ehren, dem neuen Staatsminister.

Fürst. Magdalene kann ihren gewohnten Platz am Theetisch nicht mehr einnehmen — ich hoffe, daß Ihr das Fräulein als Gast ladet, sammt unserm wackern Hausfreunde da.

Marie. Wenn Du es wünschest, Bruder —

Fürst. In der Voraussetzung, daß Ihr mich selber einladet!

Marie. Dich?

Fürst. Ich gehöre nicht mehr zum Hause, beziehe heute noch das Hôtel des Staatsministeriums —

Marie. Mein Gott! Geht das so weit? Die Familie soll Dich verlieren?

Fürst. Auch der Staat hat Ansprüche an mich, und im Uebrigen, Schwester — die Mauern sind es nicht, die uns trennen, wenn sich die Herzen zusammenfinden wollen! — Deine lieben Gäste also, es bleibt dabei! — Fräulein Werner, ich rechne darauf, daß Sie der Schwester kein Refus geben werden! Noch Sie, lieber Doktor! — Auf Wiedersehn, Magda..! (reicht ihr die Hand). Es wird mich freuen, in dem Salon der Gräfin Hohenheim mit Ihnen zusammen zu treffen. — Adieu. (empfiehlt sich, ab).

Achte Scene.

Marie. Flora. Magdalene. Hagen.

Marie. Flora —

Flora. Nur ruhig, Mama! (zu Magda). Du mußt natürlich die Einladung annehmen! Auch Sie, Doktor!

Hagen. Wir werden so frei sein.

Magda. Du erlaubst, daß ich nach meinen Sachen sehe?

Flora. Du willst einpacken?

Magda. Ich kam gestern nicht dazu —

Flora. Hat das nicht Zeit? — Du ziehst völlig zu den Hagen's?

Magda. Mein Vormund ist so freundlich, mich aufzunehmen, bis sich ein passender Platz findet —

Flora. Was für Platz?

Magda. Wo ich auf eigenen

Füßen stehen, vielleicht auch Andern nützlich werden kann. Als Lehrerin, Gouvernante, wie immer —
Flora. Gouvernante! Was für ein Einfall!
Marie (tritt hinzu). Nein, Magdalene — das soll nicht, das darf nicht!
Magda. Und warum nicht, Gräfin?
Marie. Weil Du die Pflegetochter meiner Mutter bist, die Dich mir an's Herz gelegt!
Magda. Sie haben viel für mich gethan — um so minder darf ich Ihre Güte länger mißbrauchen.
Marie. Wollen wir Dich verstoßen? Unter fremde Leute? Nimmermehr!
Flora. Wer denkt daran, Mama? Laß mich mit unserer Magda sprechen.
Marie. Wenn wir uns auch trennen müssen — und es muß, Du fühlst das, wie ich — so scheiden wir doch ohne Groll! In Freundschaft, ohne Groll, nicht wahr? (reicht ihr die Hand).
Magda. Gewiß, liebe Gräfin Marie — (will ihr die Hand küssen).
Marie. Was machst Du, Kind? Komm' an mein Herz! (umarmt sie). Ach Magda! Er ist mein Abgott! Du raubst mir ihn nicht? Gelt? Du raubst mir ihn nicht? (Ab in ihr Zimmer).
Flora (für sich). Rauben? Wofür wär' denn ich? (Laut). Wollen Sie da drinnen ein wenig warten, Doktor?
Hagen. Zu Befehl, Comtesse! (Leise zu Magda). Nimm Dich in Acht vor der Natter! Die hat sich schnell groß gewachsen! (Ab nach der zweiten Seitenthür links).

Neunte Scene.

Flora. Magdalene. Dann der Kammerdiener. Prinzessin Agnes.

Flora. Was sagst Du zur Mama? Sie wird plötzlich so weich —

Magda (trocknet die Augen). Sie hat ein Herz, so sehr sie es verbirgt! Nur ihre äußere Form ist streng —
Flora. Nun, ein Herz haben wir Alle!
Kammerdiener (tritt ein). Ihre Erlaucht, Prinzessin Ysenburg — (geht später ab).
Flora. Sehr ungelegen! (zum Kammerdiener). Höchst angenehm! (Der Eintretenden entgegen) Herzens-Agnes! Du erwiederst meinen Besuch so bald?
Prinzessin Agnes. Aufrichtig, beste Flora, es gilt zumeist Deiner Mutter.
Flora. Die Mama ist da drinnen.
Agnes. Mit Deiner Erlaubniß also — (erblickt Magdalene, eilt auf sie zu). Da ist ja unsere Magdalene! (reicht ihr die Hand). Wir haben uns lange nicht gesehen, liebes Kind —
Magda. Verzeihen Sie, Prinzessin —
Agnes. Nein, es soll kein Vorwurf sein! Aber da ich Ihre Schülerin war, auf dem Klabier, und sonst — da Sie mir auch später bisweilen eine Stunde geschenkt, mich an Ihren freundschaftlichen Umgang gewöhnt hatten —
Magda. Darf ich kommen, Prinzessin Agnes? Ich habe vielleicht eine Bitte an Sie —
Agnes. Sie machen mich glücklich! Wollen Sie mich erwarten?
Flora. Du hast unsere Einladung für Morgen erhalten? Onkel Robert wird sich doppelt freuen, da er Dich heute versäumt — er ist eben fort —
Agnes. Ich traf mit dem Fürsten auf der Treppe zusammen, wir wechselten einige Worte. Er schien aufgeregt —
Flora. Die Geschäfte! Du kennst ihn ja! Er nimmt Alles so wichtig, so gewissenhaft —
Agnes. Er nimmt Alles groß! — Gräfin Marie ist allein?

Flora. Du findest sie im dritten Zimmer. — Darf man fragen? Ist's denn wirklich? Du hast Dich großjährig sprechen lassen?
Agnes. Eine Formalität —
Flora. Zu welchem Zweck?
Agnes. Ich habe halb englisches Blut in mir, bin eine Waise wie unsere Magdalene und stehe gern auf eigenen Füßen. Hier bin ich wie eine Fremde. So will ich denn nach England übersiedeln, wo mir noch theuere Verwandte sind.
Flora. So, so! — Dein Entschluß ist unwandelbar?
Agnes. Wär' es sonst ein Entschluß, Flora? — Sie erwarten mich, liebe Magdalene? Ich nehme Sie mit nach Hause, dort sprechen wir ungestört.
Magda. Darf ich zu Ihnen kommen Erlaucht?
Agnes. Wie Sie wünschen. — Ich bin wahrhaft erfreut, wenn ich Ihnen einen Dienst erweisen, einen Theil meiner Schuld gegen Sie abtragen kann. (geht hinein).

Zehnte Scene.
Flora. Magdalena.

Flora. Sieh doch, sieh! Sie flüchtet nach England! Vor wem? Es läßt sich errathen! — Aber die kostbare Dame war ja überaus freundlich mit Dir!
Magdalene. Ueber mein Verdienst! Die Prinzessin ist so engelsgut —
Flora. Eine Idealistin! Nun ja! Eine so genannte »schöne Seele!« — Du ziehst also zu den Hagen's? — Eine prächtige Frau, die Mutter! Und der Sohn — — auf ihn kommen wir später! Höre erst mich an! Ich bin Dir eine Art Aufklärung schuldig —
Magda. Du? Mir? Ich wüßte nicht —
Flora. Doch, doch! Ueber mich selbst! (setzt sich, zieht sie zu sich). Ein gewisses Geständniß, das ich Dir gemacht, kurz vor meiner Hochzeit —
Magda. Ja, das —
Flora. Aber jetzt, liebes Kind, ist der Zauber gelöst, der ganze Unsinn vorüber!
Magda. Das ist ja schön —
Flora. Schön oder nicht! jedenfalls ist's vernünftig. Unter uns — ein gefährlicher Mann, dieser Fürst Robert, der nicht weniger Frauenherzen auf dem Gewissen hat, als etwa ein Lord Byron'scher Held — und der an Alles denkt, nur nicht an's heirathen! Frage die da d'rinnen — die vor ihm flieht!
Magda (steht auf). Warum erzählst Du das mir?
Flora (steht auf). Um Dir begreiflich zu machen, wie klug ich gethan, meine thörichte Neigung zu überwinden und mit raschem Entschluß die Frau eines braven Mannes zu werden. Darum mach' mir's nach, nimm Deinen Demokraten! Ein charmanter Mensch, dieser Hagen! Und jung und frisch! — Kein blasirter Weltmann, kein so Don Juan oder Manfred, kein — Aber Du hörst mich nicht an!
Magda. Vergib —
Flora. Nun, wann soll denn die Hochzeit sein?
Magda. Was für Hochzeit?
Flora. Was verstellt sich das Herzchen? Du und der junge Hagen! Eure Hochzeit, welche sonst!
Magda. Du bist im Irrthum, Flora —
Flora. Oho, Du willst ihn nicht heirathen?
Magda. Weder ihn, noch irgend Einen! Ich werde niemals heirathen —
Flora. Wie ernsthaft sie das sagt! Was willst Du denn, Schätzchen? — Aufrichtig — Du hast doch keine andere Liebe im Herzen?
Magda. Ich?
Flora. Oder weißt Du vielleicht, daß — ein Anderer Dich liebt?

5

Magda. Was soll das, Flora?
Flora. Denke an mich, an mein Beispiel! Man überwindet das, mein Kind, wenn man den ernsten Willen hat!
Magda. Was hätt' ich zu überwinden? Was fragst Du mich aus?
Flora. Ruhig, liebe Magda! Wir kennen Dich ja — Du bist brav und gut — vergib, wenn ich hart gegen Dich war, Dich vielleicht einen kurzen Moment verkennen konnte — es war um meiner lieben Mutter willen! Der Bruder ist ihr Alles, Du weißt! Sie fürchtet seine Heftigkeit, seine Leidenschaft — gerade heraus! der leicht entzündbare, von den Frauen verhätschelte Mann empfindet etwas lebhafter für Dich, als wir's Alle wünschen!
Magda. Und Du setzest wohl voraus, daß ich diese Empfindung begünstige?
Flora. Im Gegentheil! Wir setzen voraus, daß meine ebenso verständige als sittsame Magdalene dem allzu galanten Fürsten mit Freuden aus dem Wege gehen wird. Wenn Du also in der Folge eine kleine Reise machen wolltest, Liebste, nach der Schweiz, nach Italien, wo immer hin — für die Gesellschafterin würden wir sorgen. Aber Gouvernante darfst Du nicht werden — die Schmach fiele auf uns Alle! Du bist das Vermächtniß der Fürstin Großmutter — die Familie hat die Pflicht, an Deine Zukunft zu denken —
Magda. Nicht so, Gräfin Feldern! Ich verkaufe mich nicht —
Flora. Verkaufen! Was für ein garstiges Wort! Sind wir nicht in Deiner Schuld? Und wir wollen nicht undankbar erscheinen —
Magda. Seid gerecht! Mehr verlang' ich nicht. Quält mich nicht länger! Laßt mich frei —
Flora. Gib uns erst Dein feierliches Wort, ihn nie wieder zu sehn!

Magda (fährt auf, verletzt). Mein Wort!
Flora. Wir haben Euch für Morgen geladen — der Onkel wollt' es so — gut. Du magst Abschied nehmen von dem Fürsten — allein für immer! Du sollst ihm das ausdrücklich sagen — Dich später nie wieder von ihm finden lassen.
Magda. Das also war's? Darum kamst Du mir anfangs so freundlich entgegen? — Was befiehlt die Gesellschaft noch von mir?
Flora. Du willst Dein Wort nicht geben?
Magda. Nein. Das bürgerliche Mädchen wird handeln, wie es ihr geziemt, wird thun und lassen, was ihr gut dünkt!
Flora. Das heißt — Du hegst im Stillen die Hoffnung, Fürstin zu werden!
Magda. Vielleicht! Warum auch nicht? Wer kann das wissen?
Flora. Magda, um's Himmels Willen —
Magda. Warum erschrickst Du? Steh' ich so tief unter Euch? An Geist, an Gemüth? Oder an Bildung? Ich wüßte nicht! Sprich also! Was wär' es so Entsetzliches, wenn Einer der Euren ein Mädchen meiner Art wählte? Ihr nahmt mich auf unter Euch, ich war ein Kind, ich lernte Eure Freuden kennen, Euern Comfort, sog zum Theil Eure Vorurtheile ein, ich lebte nur unter vornehmen Leuten, mit ihnen, wie ihres Gleichen, sie lobten mich, schmeichelten mir, und nun plötzlich verstoßen, verachten, verhöhnen sie mich, bieten mir Geld, behandeln mich wie eine Paria — Warum? Weil ein Mann mich liebt, ein Mann aus der Gesellschaft! Und wenn's mich nun lockte, gleichfalls zu Euch zu gehören, für immer zu Euch?
Flora. Aber Du machst Dich ja unglücklich, und Alle!

Magda. Bin ich's nicht schon? (Ergreift ihre Hand mit Heftigkeit). Weißt Du's denn nicht, die Leute deuten mit Fingern auf mich, ich gelte für die Geliebte des Fürsten Lübbenau!
Flora. Darum also! Nun begreif' ich! Weil ein paar Leute thöricht schwatzen, willst Du in Zukunft seinen Namen tragen! Unsern Namen! Nein, Du wirst das nicht, kannst nicht, darfst nicht! Magdalene Werner, ich bitte, ich beschwöre Dich, hier auf meinen Knieen — gib den Gedanken auf, jemals die Seine zu werden! Gib uns Dein Wort, laß Dich erbitten —

Eilfte Scene.
Vorige. Hagen. Dann Marie. Agnes.

Hagen (der bei den letzten Worten eingetreten, stehen geblieben, tritt vor). Was für ein Wort, Magdalene?
Flora (steht rasch auf). Der Doktor!
Magda (eilt auf Hagen zu). Schützen Sie mich vor diesen Leuten!
Hagen. Nur ruhig, Lenchen! — Was ist denn vorgefallen? Darf man fragen, Gräfin Feldern, was Sie von ihr verlangen?
Flora (schnell gefaßt). Nichts, lieber Herr Hagen — als daß sie den Werth eines Mannes erkenne! Eines Mannes — wie Ihr Sohn!
Magda (fährt auf). Bedarf ich Euer dazu? Kenn' ich ihn nicht längst?
Flora (schmeichelnd). Desto besser, liebe Magda, desto besser! Ist's doch ein edler Mann und — Deines Gleichen!
Magda. Nicht Eures Gleichen — Gott Lob! — Lebe wohl —
Flora. Halt! Wir sehen Dich morgen?
Magda (im Gehen). Nie wieder, nie —
Flora. Aber Du mußt kommen! Es muß — der Fürst will's haben!
Magda (hält inne). Muß ich's? Und er will's? Aber ich will's nicht! — Die bürgerliche Magdalene Werner hat in dieser bittern Stunde erfahren, daß es in ihrer Macht läge, Euch Alle zu zwingen, sich vor ihr zu beugen — doch ich begnüge mich mit Deiner Huldigung, Flora! Darum fort aus der Gesellschaft, die mich um meinen Namen gebracht, um meine bürgerliche Ehre, vielleicht um Ruhe und Frieden meines ganzen Lebens! Mir graut vor Euch — auch vor ihm, der mich zu lieben vorgibt und mich hilflos, schutzlos Euern Schmähungen preisgibt, Euern Verfolgungen — nein, ich will nicht zu Euch gehören, will's nicht! — Fort aus der Gesellschaft — für immer fort! Da hast Du das Wort, das Du verlangtest! — Kommen Sie, mein Freund!
Hagen (im Gehen). Armes Kind! Die Viper hat gestochen — (Beide ab). Marie und Agnes treten heraus).
Flora (ihnen entgegen). Sie gibt ihn auf! Die Gesellschaft ist gerettet, Mama!

Der Vorhang fällt.

Vierter Akt.

Großer Empfangs-Salon. Glänzende Abendbeleuchtung. Offene Mitte nach einem zweiten Salon, worin ein Buffet aufgestellt.

Erste Scene.

Gräfin Marie. Gräfin Feldern und andere ältere Damen sitzen im Vordergrund links. Einige Herren, bei ihnen sitzend und stehend, darunter Baron Rietberg. Flora, Rosa, Bella und andere junge Damen, Arthur und Kavaliere auf der andern Seite der Bühne, mehr gegen den Hintergrund, in passender Gruppirung. Andere Herren spazieren im zweiten Salon auf und ab, begrüßen sich mit neu Ankommenden ꝛc. Kammerdiener und Bediente in Livree serviren Eis.

Gräfin Feldern. Wißt Ihr denn das Neueste? (Zu einem Bedienten). Haben Sie Früchten-Eis, mein Freund? Geben Sie her! — Wißt Ihr's nicht? Die Isenburg reist nach England zu ihrem Onkel —

Eine ältere Dame. Was Du sagst, Polyxéne! Und für immer?

Gräfin Feldern. Man behauptet wenigstens — fragt nur die Hohenstein!

Dame (zu Marie). Sie kommt heute nicht?

Marie (zerstreut). Wer?

Dame. Nun, Prinzessin Agnes!

Marie. Ich denke wohl. Sie hat zugesagt —

Gräfin Feldern (ungläubig). So? Ja? Wer weiß! — Was machen denn die jungen Leute? Arthur, mein Söhnchen!

Arthur (nähert sich). Mama —

Gräfin. Gibst Du auch acht auf Dein junges Frauchen?

Arthur. Auf meinen Engel? Ob ich, Mama! (entfernt sich wieder).

Gräfin. Wie sich die jungen Leute lieben! — Was trägt denn der Bediente dort, Marie?

Marie. Ich glaube, Waffeln —

Gräfin. Waffeln? Das eß' ich für mein Leben gern! Geben Sie her, mein Freund — (leise). Ich wette, die Isenburg bleibt heute weg, des Bruders wegen. Nicht wahr, Baron Rietberg?

Baron. Sie hat ein faible für ihn —

Dame. Aha! Darum weicht sie ihm aus —

Gräfin. St! Nicht so laut! (sprechen leise).

Erster Kav. (lorgnirt, halblaut). Superbe Mädchen das! Die Rosa, die Bella — famos!

Zweiter Kav. Passabel! Es gibt bessere. Und viel zu jung! Kaum flügge!

Dritter Kav. (tritt hinzu). Die Schönste fehlt freilich! Die Haus-Mamsell —

Erster Kav. Du meinst die Geliebte des Lübbenau? Die ist freilich famos! — Sie ist nicht da?

Dritter Kav. Wißt Ihr's denn nicht? Sie ist aus dem Hause!

Erster Kav. Was Du sagst!

Zweiter Kav. Aus dem Hause?

Dritter Kav. Knall und Fall!
Zweiter Kav. Das ist ja merk=
würdig!
Erster Kav. Famos!
Dritter Kav. Und was man sich im Casino über die ganze Geschichte erzählt -- was man munkelt — hört nur! (sprechen leise).
Flora (steht auf). Die Damen stehen auf — kommt, Mädchen, meine lieben Brautjungfern! So heiß hier! Machen wir einen Gang durch die Salon's?
Arthur. Nur langsam, liebes Weibchen! Du mußt Dich schonen, denn —
Flora. Schweige doch! Du bist nicht klug, Arthur — (spricht mit ihm).
Rosa (zu Bella leise). So ein ver= liebtes Ehepaar! Lächerlich, Bella!
Bella (gähnt). Ennuyant, Rosa!
Gräfin (die inzwischen aufgestan= den). Da sind die Kinder! Immer Arm in Arm mit einander! Das ist wie mit mir und meinem Bastian! Früher wenigstens. Wo steckt er nur? Wir waren uns immer selbst genug! — Spielen wir denn heute gar nicht?
Marie. Wenn Du's wünschest —
Gräfin. Dir zu Liebe, Marie! Aber Du bist zerstreut, so pensive —
Marie. Vergib, liebe Feldern —
Gräfin. Der Bruder geht Dir ab! Der Herr Staatsminister! Er wohnt nicht mehr bei Euch?
Flora (die an Arthur's Arm hin= zugetreten.) Aber er versprach zu kom= men, den Thee mit uns zu nehmen —
Gräfin. Der Thee kommt doch bald? Ich weiß nicht, Kinder, ich bin Euch heute von einem Appetit — Machen wir vielleicht ein paar Robber vorher? Mit dem Strohmann! — Wo ist mein Mann?
Flora. Ich sehe den Papa nirgend.
Gräfin. Nun ja! Wenn der sich einmal von seinem Casino losreißen soll! (Zu der älteren Dame). Willst Du spielen, Natalie?
Baron. Bitte, meine Damen —
Flora. Da drüben stehen die Spiel= tische, Mama!
Zweiter Kav. Ein Ecarté, Felix?
Erster Kav. Famos, da bin ich.
Flora. Schämt Euch, junge Herren! Ihr gehört zu den jungen Damen. Geschwinde in den letzten Salon, zum Klavier! Rosa, Bella, Ihr Uebrigen, kommt! Ein paar Touren vielleicht —
Arthur. Um's Himmelswillen, Engel! Du wirst doch nicht tanzen wollen? Da Du Dich schonen sollst, Du weißt —
Flora. Aber Arthur! — Der Mensch wird nie gescheidt werden, Mama! — Sei liebenswürdig, reiche den Damen den Arm —
Gräfin. Aber erhitze Dich nicht, Arthur, mein Sohn —
Die Dame (ungeduldig). Ich dachte, wir wollten eine Partie machen!
Gräfin. Da sind wir schon! (Zum Baron). Eine rechte Spielratte, die Natalie. (Im Abgehen). Nachdem Thee spielen wir weiter, nicht wahr? (Ab mit dem Baron und den Damen).
Arthur. Du kommst nach, liebes Weibchen?
Flora. Ja doch! Geht nur —
Arthur (reicht Rosa und Bella den Arm). So kommt, Kinder! Wir wollen polken — auf polnisch!
Rosa (im Abgehen). Sind wir end= lich für Sie auf der Welt, Graf Arthur?
Bella. Nun sollen Sie uns auch nicht so bald los werden!
Arthur (blickt zurück) Und mein Engel! Das wäre —
Rosa. Vorwärts, junger Herr! Diese Zärtlichkeit ist hors de saison.
Bella. Und folglich ridikul! (Ab nach dem Hintergr und wie die übrigen Gäste).

Zweite Scene.

Flora. Marie.

Flora. Du bist nachdenklich, Mama?
Marie. »Noch', daß ich die Schwester nicht verliere —«
Flora. Sagte er das?
Marie. Es will mir nicht aus dem Kopf — (setzt sich).
Flora (tritt zu ihr). So kleinlaut? Meine sonst so stolze, so kräftige Mutter! (sitzt zu ihr).
Maria. Was wollen wir gegen ihn? Daß er sie liebt, ist gewiß —
Flora. Was weiter! Ich habe ihn auch geliebt — und ich lebe noch! — Sei guten Muth's, Mama! Auch verlasse ich mich auf Magda. Wir haben ihr Wort und sie wird es halten. Ein entschiedenes »Nein« von ihrer Seite — und der ganze, lächerliche Roman ist zu Ende! (steht auf). Aber es wird spät! Wo bleibt er nur? Wo bleibt sie?
Marie (steht auf). Wenn sie absagen ließe —
Flora. Wäre mir nicht lieb! Ein Ende muß werden, und lieber heute als morgen —

Dritte Scene.

Vorige. Fürst Lübbenau. Graf Feldern. Dann Arthur.

Fürst (im Auftreten). Du hast mich verstanden? Vor der ganzen Gesellschaft!
Graf. Wie Du's willst! Völlig zu Deinen Diensten, Bruder —
Flora. Da kommt der Onkel!
Fürst. Guten Abend —
Marie (ihm entgegen). Bruder —
Fürst (reicht ihr die Hand). Liebe Marie! (Sprechen mit einander).
Flora. Die Mama frug nach Ihnen, Schwiegerpapa!
Graf. Meine Lyzel? Da bin ich schon —
Arthur (auftretend). Herzensweibchen, wo bleibst Du? — Grüß' Gott, Onkel!
Fürst. Du warst heute im Mappirungs-Bureau?
Arthur. Zum ersten Mal!
Fürst. Du wirst fleißig sein?
Arthur. So viel ich's vermag! Aufrichtig. Onkel Robert — das gelehrte Wesen, das Geschreibe ist nicht meine Passion! Ich bin mehr für's Dreinschlagen —
Fürst. Studire und schreibe erst gut, mein Sohn, dann schlägst Du vielleicht noch besser d'rein — und mit Verstand! — Die Gesellschaft ist da drinnen?
Flora. Bei den Spieltischen, ein Theil beim Klavier —
Fürst. Geht nur, spielt, unterhaltet Euch —
Arthur (zu Flora). So komm', mein Herz!
Fürst. Bleib' da, Flora —
Arthur. Ich hab' Dich heute gar nicht! Kommen Sie, Papa!
Graf (halblaut zum Fürsten). Du gibst mir ein Zeichen, Bruder?
Fürst. Wenn's Zeit ist —
Graf und Arthur (ab).

Vierte Scene.

Fürst. Marie. Flora. Dann Dr. Hagen.

Fürst. Sie ist noch nicht da?
Flora. Prinzessin Agnes? Nein, lieber Onkel, die Werner auch nicht. — Wenn Du vielleicht einen Robber machen willst —
Fürst. Entschuldigt mich! Ich habe so Vieles im Kopf — (entfernt sich).
Flora. Mama —
Marie. Er ist heute so weich! Er gab mir die Hand —
Flora. Er schämt sich wohl! Es wird Alles gut ausgehen. Ich sagte Dir's immer —
Dr. Hagen (kommt).
Fürst. Der Doktor!

Flora. Ohne sie?
Hagen. Meine Damen —
Flora. Wo bleibt unsere Magda, Doktor?
Hagen. Mein Mündel läßt sich entschuldigen. Ihr altes Uebel! Eine heftige Migräne —
Flora. Sollen wir's glauben?
Hagen. Die reine Wahrheit, Comtesse! Das arme Mädchen liegt mit Eis-Umschlägen —
Flora. Fatal! — Ich werde sie morgen besuchen —
Hagen. Ich will ihr die freudige Botschaft sogleich überbringen, Frau Gräfin —
Flora. Sie verlassen uns, Doktor?
Hagen. Sie verzeihen! Wenn man einen Kranken im Hause hat! (Empfiehlt sich). Durchlaucht — meine Damen — (Im Abgehen). Nichts mit dem Klärchen! Der Egmont steht verdutzt — (ab).

Fünfte Scene.
Marie. Fürst. Flora.

Marie. Lieber Bruder —
Fürst (fährt auf). Sie läßt sich krank melden — Ihr habt sie verscheucht!
Flora. Wie Du die arme Agnes, Onkel! Du treibst sie in die Fremde! Nach England! Kann man so grausam sein?
Fürst (unruhig). Sie ist krank, ist unglücklich — durch meine Schuld! Sie wird mich hassen —
Flora. Die Werner? Hassen gerade nicht! (tritt zu ihm). Und wenn sie Dich möchte, Onkel Robert?
Fürst. Dann möchtet Ihr's nicht, ich weiß!
Flora. Ein Schritt wär's — das Aufsehen entsetzlich! Gelt, Mama? Ein Schlag für uns Alle, ein Todesstreich —
Fürst. Seit der Agnes Bernauerin freilich ist so etwas nie vorgefallen!

Marie. Wenn's möglich wäre, wenn —
Flora. Unmöglich, Mama!
Fürst. Möglich oder nicht! Und das Mädchen mein oder nicht — jedenfalls bereite Dich auf eine Scene vor, Schwester!
Flora. Was für Scene, Onkel?
Fürst. Ich will ihre Ehre retten — weiter nichts! Ich bin's dem Mädchen schuldig und ich hab' es dem Feldern geschworen, allen den Casino-Schwätzern! — Da rollt ein Wagen in den Hof — (geht nach dem Hintergrund).
Flora. Vermutlich die Prinzessin! — Worüber sinnst Du, Mama?
Marie. Er ist mein Bruder — und er liebt sie, Du siehst!
Flora. Was weiter? Niemand stirbt davon! Ich sagte Dir schon —

Sechste Scene.
Vorige. Prinzessin Agnes. Magdalene.

Agnes. Da bring' ich unsere liebe Freundin —
Fürst. Magdalene! Agnes —
Flora. Du bist nicht krank?
Magdalene. Die Prinzessin hatte mich besucht, mich gepflegt —
Agnes. Seitdem ging's besser, nicht wahr? Und so hab' ich das liebe Mädchen überredet, mitgebracht. Aber Sie sind blaß, erschöpft — ruhen Sie ein wenig, hier —
Magda. Nur einen Moment — (setzt sich).
Flora. Gehen wir zur Gesellschaft?
Agnes (mit Magdalene beschäftigt). Wir folgen gleich. Unsere Freundin muß sich erst erholen —
Marie. So komm', Flora —
Flora (im Abgehen). Die Schwärmerin fehlte noch, Mama! Sie ist im Stande, sich einzumischen —
Marie. Wenn's möglich wäre —

Flora. Unmöglich! Trotz der schönen Seele! Basta — (Beide ab).

Siebente Scene.
Agnes. Magdalene. Fürst.

Agnes. Ist Ihnen wieder wohl?

Magda. Ganz gut — (steht auf).

Agnes. Bleiben Sie nur! (da ihr der Fürst den Arm bietet). Sie führen mich bis zum Salon, Fürst Robert? Stehen dann unserer lieben Patientin ein wenig bei.

Fürst (halblaut). Agnes! Sie sind ein Engel des Himmels!

Agnes (ebenso). Ich las in Ihrem Herzen, Robert — in der stolzen Seele dort, die sich mir verschließt, mögen Sie selber lesen! — Da kommt Baron Rietberg! Danke, Fürst Lübbenau! — Ihren Arm, Baron — (Ab).

Achte Scene.
Fürst. Magdalene.

Fürst (eilt auf sie zu). Magdalene! Sie sind hier! Nun ist Alles gut! Und Agnes hat Sie hergebracht! Wie dank' ich ihr's! Ihr reiner Namen vor der Welt ist nun hergestellt — auch Feldern soll Ihnen abbitten —

Magda. Wozu, Fürst Robert? Ich hatte die Sache zu hoch aufgenommen — verzeihen Sie mir! Es gibt gewisse Scherze, die in der Welt gang und gäbe sind — das hatt' ich vergessen. Und nun bin ich wieder entschieden, resolut — ja seit heute beinahe stolz!

Fürst. Seit heute?

Magda. Seit die Prinzessin mich besucht, sich zu mir an's Krankenbette gesetzt — seit ich ihr angehöre! Nur ihr!

Fürst (sieht sie an). Nur ihr? — Agnes reist nach England —

Magda. Und sie will mich mitnehmen!

Fürst. Das ist Ihre Entschiedenheit?

Magda. Hätten Sie unser Gespräch mit angehört! Zumeist über Sie, lieber Fürst! Die Prinzessin verspricht sich das Höchste von Ihnen, Sie sind ihr viel, ja Alles!

Fürst. Ich liebe sie auch wie eine Schwester!

Magda. Und doch gehen Sie dem edlen Wesen aus dem Wege!

Fürst. Sie mir! Ihr Beide! Da Ihr verreist —

Magda. Wer spricht von mir? Was bin ich neben ihr?

Fürst. Was Sie sind? Die Lerche neben der Nachtigall. — Und Sie wollen wirklich nach England mit ihr? Wollen wieder den Nothnagel abgeben? — Wissen Sie, was es jetzt vor Allem bedarf, Magdalene? — Socialen Muth! Haben Sie den? Das ist die Frage —

Magda. Ich denke wohl! Daß ich freiwillig aus der Gesellschaft scheide, ist ein Beweis —

Fürst. Daß Sie den Kampf scheuen! Weiter nichts!

Magda. Ich habe gekämpft und ich bin unterlegen —

Fürst. Wer sagt das? Wer hat Sie besiegt?

Magda. Wer sonst als die Gesellschaft?

Fürst. Vor der Sie fliehen — ohne Widerstand! Ist Ihr Respekt vor den Feldern's so groß?

Magda. Sie vergessen die Achtung, die man sich selber schuldig ist!

Fürst. Und gilt Ihnen meine Achtung nichts? Ich darf sagen, meine reine Neigung!

Magda. Die Zeiten sind vorüber, wo sich die Fürstensöhne die Schäferin aus dem Walde holen — Lassen Sie uns scheiden! Darum bin ich hier! Um Abschied zu nehmen —

Fürst. Nein, sie sollen nicht aus diesem Hause fort, bis Ihre Ehre, Ihr guter Name vollkommen wieder hergestellt ist! Wagen Sie den Kampf Magdalene, ich will Ihr Mitkämpfer sein! Wollen Sie?

Magda. Lassen Sie uns im Frieden scheiden, lieber Fürst —

Fürst. Sie haben keinen socialen Muth? Ich hab' ihn! Sei's denn —

Neunte Scene.

Vorige. Arthur. Dann Graf Feldern. Später die ganze Gesellschaft.

Arthur. Orangeade für meine Gräfin! Lauwarm!

Fürst. Arthur!

Arthur. Du befiehlst?

Fürst. Führe das Fräulein zu Deinem Papa.

Arthur. Mit Vergnügen! Bitte, Fräulein — da kommt der Papa! Die ganze Gesellschaft —

Fürst. Desto besser! — Feldern!

Graf Feldern (tritt vor). Lieber Bruder?

Fürst. Halte Dich bereit! — Da ist das Fräulein —

Graf. Fräulein Werner! Sehr erfreut —

Flora (mit den Uebrigen auftretend). Hieher, meine Damen! Im Tanz-Salon wird gelüftet —

Gräfin Feldern. Und später zum Thee gedeckt, nicht wahr?

Flora. Gleich, Mama! Im Augenblick —

Arthur. Nimm den Shawl, liebes Kind! Da ist's kühl geworden —

Graf (führt Magdalene am Arm). Gefällig, Platz zu nehmen, Fräulein?

Magda. Nicht vor den Damen —

Rosa. Was hat denn der alte Feldern? Behandelt die Mamsell wie eine Prinzessin!

Bella. Vielleicht ist er in sie verliebt wie der Andere!

Fürst (welcher Agnes am Arme geführt). Wollen Sie mich zum Nachbar beim Thee?

Agnes. Ich hatte Sie darum ersuchen wollen — (setzt sich).

Fürst. Sie wollen mich sprechen? Sie sind so gut, so lieb —

Gräfin Feldern (die sich gesetzt hat, zum Baron). Die Geschichte geht mir nicht aus dem Kopf, Baron! — Wissen Sie's denn, Fürst Robert?

Fürst. Was für Geschichte, Gräfin?

Gräfin. Nun, mit dem jungen Grafen Steinberg! Der Baron erzählt uns eben — Graf Max will ein bürgerliches Mädchen heiraten.

Fürst (tritt hinzu). Eine Mesalliance? Ja so! Das liegt jetzt in der Luft —

Graf. Ja, in der Luft, Bruder! Der trifft Euch immer den Nagel auf den Kopf!

Gräfin. Eine reiche Kaufmannstochter! Denken Sie!

Baron. Der Vater ist zwar geadelt — ein von Mandelsfeld —

Gräfin. Mandelsfeld? Sagt doch, was ist das nur für Adel? Die Mandelsloh stehen wohl in Rhgner's Turnierbuch, aber die Mandelsfeld —

Baron. Noblesse de finance, Gräfin.

Graf. Mandelsf — — aha! Wohl gar ein —?

Baron. Nicht doch! Ich glaube, schon der Großvater war getauft —

Gräfin. Mandel von Mandelsfeld? Da habt Ihr's! Also doch ein —? Die Tochter eines Millionärs! Nun ja —

Fürst. Ich kenne das Fräulein. Sie ist hoch gebildet, voll Geist und Gemüth, steht auch weit über dem Bräutigam, meinem leiblichen Cousin. — Auf welcher Seite ist nun eigentlich die Mesalliance?

Gräfin (verwundert). Auf welcher Seite, Fürst Lübbenau?

Fürst. Darüber ließe sich streiten! Und zweitens — würdet Ihr die edle, aber nicht adelig geborene Gräfin in

6

Eure Kreise aufnehmen wollen oder nicht?
(Pause).

Gräfin. Hm! Das ist freilich eine Gewissensfrage!

Flora (leise). Mama, ich erschrecke! Er will Ernst machen —

Fürst. Ihr schweigt? Wollen wir abstimmen?

Flora. Wozu, lieber Onkel? Dein Cousin Steinberg wählt eine Bürgerliche? Folglich gibt er die Gesellschaft freiwillig auf — bevor sie ihn aufgäbe! Das liegt auf der Hand. Comme ou fait son lit, on se couche!

Gräfin. Ein Engel von Verstand, unserer Flora. Sie hat's getroffen. So denken wir Alle —

Die ältere Dame. Ja, alle, alle! (Zustimmung der Damen).

Fürst. Die Damen? — Und die Herrn?

Baron. Auf der Seite der Damen!

Fürst. Auch Du, junger Mensch?

Arthur (zögernd). Ja, ich —

Flora. Arthur!

Arthur. Auf der Seite meiner Flora natürlich! (küßt ihr die Hand).

Fürst. Lauter schwarze Kugeln also? Ihr weist das wackere junge Paar aus Eurer Mitte?

Graf. Ich nicht, Bruder! Wenn Du sie aufnehmen willst, soll ihnen meine Lyxel die Honneurs machen.

Gräfin. Die Honneurs! Hoctem!

Fürst. Alle die Damen sind gegen mich? Auch Du, Schwester? Auch Sie, Prinzessin Agnes?

Agnes. Nicht so ganz, Fürst Robert! Und wenn ich meine Meinung offen sagen darf —

Fürst. Ueber die arme verstoßene Gräfin Steinberg! Ich bitte darum —

Agnes. Sie wissen, ich bin eine halbe Engländerin und ich reise mit Nächstem in das Land, wo Nobility und Gentry einander nicht ausschließen, der Lord von West-End der Miß aus der City nicht selten die Hand reicht. Dort, über dem Canal, würde auch das künftige Ehepaar allenthalben empfangen werden, selbst von der Königin —

Flora. Mag sein, liebe Agnes! Aber dort ist nicht hier —

Fürst. Freilich nicht! Gewiß nicht! Denn dort stehen auch die Geister neben einander, Ihr Herren! Der hochadelige Byron, der Bürgerssohn Shakespeare auf der Höhe des Parnasses, wie die sterblichen Reste aller großen Männer in Westmünsterhall bei einander schlummern, in der Familiengruft der Geister — nicht wahr, Prinzessin? Man hegt auch dort das nicht ganz zu verachtende Vorurtheil, daß Bildung und Intelligenz unter die schönsten Privilegien des Adels gehören — oder gehören sollten, und daß das Weib einen Theil des Mannes ausmache, zu ihm gehöre wie zu den Seinen, sie mag nun dem Palast entstammen oder der Hütte! — Allein Sie wollen unsere Neuvermählten expatriiren, Prinzessin? Sie sollen wirklich vor der Gesellschaft fliehen? Ist das Ihre Meinung?

Agnes. Keineswegs, lieber Fürst! Ich habe die künftige Gräfin Steinberg bereits empfangen und ich wünsche von Herzen, daß die Gesellschaft sie nicht ausschließe — wenn aber doch, dann bleibt nur Eins: Der Graf wie das bürgerliche Mädchen müssen den Muth haben, sich selber zu genügen und die sociale Lösung einstweilen im Gemüth suchen und finden — bis unsere Vorurtheile der besseren englischen Sitte und Gewöhnung weichen!

Fürst. Sie sprechen mir aus der Seele, Agnes! — Haben Sie's vernommen, Fräulein Werner?

Flora (leise). Steht das so, Mama? (steht auf). Zum Thee, wenn's gefällig ist!

— 43 —

Gräfin Feldern (gleichfalls aufstehend) Endlich! Da sind wir —
Fürst. Einen Augenblick, ich bitte! — Feldern! (winkt ihm).
Graf. Ich soll —? Du befiehlst? (nähert sich Magdalene). Erlauben Sie mir, Fräulein Werner, ein Unrecht gut zu machen, welches ich gegen Sie begangen —
Gräfin. Du, Bastian?
Graf. Sei still, Lyxel! (zu Magdalene mit Noblesse). Ich erkläre hier vor der ganzen Gesellschaft, daß ein gewisses Gerede im Casino, welches Ihren unbescholtenen Namen mit dem einer hochgestellten Persönlichkeit in Verbindung brachte, völlig grundlos ist — (Gemurmel in der Gesellschaft). Wenn ich durch meine Unvorsichtigkeit an der Verbreitung jenes falschen Gerüchtes schuld getragen, so thut mir das herzlich leid und ich bitte Sie aufrichtig um Vergebung! — Ihr jungen Herren werdet so gefällig sein, diese meine Erklärung auch im Casino zu verbreiten. Sollte irgend ein mir Ebenbürtiger an der Aufrichtigkeit dieser Erklärung den geringsten Zweifel hegen, so wird Fräulein Magdalene Werner mir und meinem Sohne erlauben, die Ehre Ihres bürgerlichen Namens in der Art und Weise zu vertheidigen und zu schützen, wie es unter Kavalieren Sitte ist.
Arthur (lebhaft). Einverstanden, Papa! Mein Säbel zu Ihren Diensten, Fräulein!
Flora (streng). Arthur!
Arthur (betreten). Hab' ich nicht recht gethan? — Vergib, Engel — aber der Papa —
Graf (tritt zum Fürsten). Ich hoffe Du bist mit mir zufrieden, Robert!
Fürst. Mit Vater und Sohn! — Doch, was helfen alle Erklärungen, alle Duelle! Die Verläumdung haftet irgendwo. Ihr könnt den Mund der Leute zum schweigen bringen — wer

schweigt die Gedanken todt, den Verdacht? Nein — da gibt's nur ein Mittel. (eilt auf Magdalene zu).
Magda. Ich danke Ihnen, Fürst — ich bin vollkommen befriedigt — aber Sie erlauben mir, mich zu entfernen —
Agnes. Bleiben Sie, liebes Kind!
Fürst. Bleiben Sie! Auch Du, Schwester —
Flora. Zum Thee also! (zur Gräfin Feldern). Kommen Sie, Mama.
Gräfin (im Gehen). Sage, was das bedeuten soll?
Flora (ärgerlich). Wer kann's wissen? Eine neue Mesalliance vielleicht!
Gräfin. Ciel de Dieu!
Flora. In meinem Hause werd' ich sie nie empfangen!
Gräfin. Einverstanden —
Graf (zu seinem Sohn). Wenn er sie nehmen will, ich hätte nichts dagegen!
Arthur. Ich auch nicht, Papa! Aber was hilft's? Meine Flora! (gehen nach dem zweiten Salon mit der Gesellschaft, die noch theilweise im Hintergrund bleibt).
Agnes (mit Magdalene beschäftigt). Sie will fort —
Magda. Verzeihen Sie mir's — meine Kraft ist zu Ende —
Fürst (mit einem Blick auf Agnes und Marie). Und die meine ist verdoppelt, verdreifacht! (eilt zu Magdalene.) Nein, Magdalene, Sie sollen nicht fliehen, dürfen's nicht! Die Gesellschaft weiß zu viel, um nicht noch mehr zu wissen — und so entscheide sich's jetzt! — Hier steh' ich, nicht der Fürst dem Bürgermädchen, nein, der Mann dem Weibe gegenüber, — dem Weibe, das ich gekränkt, beleidigt, das ich verehre, liebe — sage, daß Du mich nicht liebst! Hast Du den Muth? Sage eine Lüge, Mädchen, sag's! (wendet sich zu den Frauen). Agnes — Marie —

Agnes. Er ist Ihr Bruder, Marie!
Marie. Mein Bruder! Schwester!
Magda. Mein Gott, Marie —
Marie. Nenne mich Schwester! Wird Dir's so schwer?

Magda. Schwester —
Fürst. Mein holdes Bräutchen! (Zur Gesellschaft gewendet). Die Braut des Fürsten Lübbenau, Ihr Herrn!
Agnes. Seid glücklich!

Ende.